I.Q. Odenthal

Jenseits der Krippe

I.Q. Odenthal

Jenseits der Krippe

Lebendige Geschichten zum Fest der Liebe

FSK 18

Bibliografische Information der Deutschen Nationalbibliothek: Die Deutsche Nationalbibliothek verzeichnet diese Publikation in der Deutschen Nationalbibliografie; detaillierte bibliografische Daten sind im Internet über dnb.d-nb.de abrufbar.

Verlag: BoD · Books on Demand GmbH, In de Tarpen 42, 22848 Norderstedt
Druck: Libri Plureos GmbH, Friedensallee 273, 22763 Hamburg

Illustrationen: © 2024 Kadeel
© 2024 I.Q. Odenthal
ISBN: 978-3-7693-0230-1

Inhalt:

Ein himmlischer Abend

Die Türe ist angelehnt. Über sein Gesicht huscht ein scheues Lächeln. Er tritt ein. Leise verschließt er die Türe hinter sich. Er legt die Blumen auf den Boden und schlüpft aus seinen Stiefeln, dann hängt er seinen Mantel an den Kleiderhaken, stopft seine Pudelmütze in den Mantelärmel und die Handschuhe in die Manteltaschen.

Strumpfsockig macht er sich behutsam über die Treppe nach oben. Es ist still im Erdgeschoß. Wie all die Jahre vorher scheint niemand in der Wohnung zu sein. Leise nimmt er die Stiege in den ersten Stock. Er steht vor der Badezimmertüre. Schummrig schimmert Licht hinter dem Milchglas im oberen Drittel der Türe. Er mag das Flair dieses alten Hauses. Die weiße Badezimmertüre, mit den beiden Holzkassetten und der Milchglasscheibe ist die wahre Zeugin dieses heimeligen Bauwerks aus den frühen dreißiger Jahren des letzten Jahrhunderts.

Er drückt den Türdrücker nach unten. Zitronenfruchtiger Duft und ein Schwall hitzedurchtränkter Wassernebel schlägt ihm entgegen. Er schlüpft durch die Türe, schließt sie hinter sich und dreht den schmiedeeisernen Schlüssel im Schloss um. Er braucht einen Moment, um sich an das schummrige Licht zu gewöhnen, das von den Kerzen auf dem Badewannenrand über das dampfende Wasser züngelt. Da liegt sie, bewegungslos. Mit einer leichten Bewegung dreht sie ihren Kopf in seine Richtung. Auch ihr huscht ein Lächeln über das Gesicht. Ruhig, vertraut ein wenig verschmitzt.

Sie wusste, dass er auch dieses Jahr wieder kommen würde. Wie die letzten Jahre war er, kurz bevor sie ihren kleinen Verkaufswohnwagen geschlossen hatte, gekommen und hatte drei langstielige Amaryllis` gekauft. Er hat gelächelt und wie immer eine lustige Bemerkung über ihre von der Kälte gefärbte rote Nasenspitze gemacht. Dann war er mit einem kurzen Augenzwinkern weitergegangen.

Er setzt sich auf den Hocker im Eck des Badezimmers und sieht sie an. Den Kopf auf dem Badewannenrand gelegt, liegt ihr makellos nackter Körper unter dem glasklaren Wasserspiegel. Er betrachtet sie genüsslich. Dieses hübsche lächelnde Gesicht, ihre süßen kleine Brüste, ihre Arme rechts und links neben ihrer schmalen Taille, ihre schlanken Beine und ihre gepflegt rasierte Vulva.

Sie genießt seine Blicke. Die Stille im dampfenden Dunst, das flackernde Kerzenlicht, die wohlige Wärme des Wassers durchfluten ihren Körper. Langsam klettert ihre Hand ihrer Hüfte entlang auf ihren Bauch. Sie schließt die Augen. Die Finger ihrer rechten Hand finden den Weg zu ihrer Spalte. Langsam bewegt sich erst der Zeigefinger, dann auch der Mittelfinger über ihre noch geschlossenen Labien. Sie spürt die erste Berührung auf ihrer versteckten Klitoris. Es durchfährt sie ein leichter Schauer. Sie stöhnt leise auf.

Die kräftige Bewegung ihres linken Armes entzieht das faszinierende Schauspiel mit einem welligen Verschwimmen seinem Blick. Die linke Hand erreicht ihre Brüste und streichelt nun ebenso behutsam wie die Finger ihrer rechten Hand ihre Klitoris die leicht aufgerichteten Brustspitzen. Nach und nach verebben die unruhigen Wellenbewegungen und geben seinem Blick das erotische Spiel unter dem klaren Wasserspiegel wieder frei.

Im Takt ihrer Finger schlängeln sich die Wellen wohlig und warm gleich einem Schneckenhaus in sie hinein. Wohl wissend um seinen Blick erhebt sie ihre Lust zum zentralen Gestirn ihrer Galaxie. Mit der steten Steigerung der Massage ihrer Finger schwebt ihr rechtes Bein unendlich langsam im Wasser nahezu schwerelos dem Wasserspiegel entgegen. Gibt seinem Blick immer mehr der rosaroten Herrlichkeit ihrer Lust preis. Aus ihrem Inneren vermögen die Wellen ihrem Bauch, ihrer Brust, ihrem Atem ein Auf und Ab mitzugeben, das sich in das heiße Badewasser schleicht und dem Spiel ein leichtes Wiegen verleiht. Sie öffnet leicht ihren Mund. Ihr leises Stöhnen kennt keinen Takt mehr. Mit dem Fingerschlag an ihrer Lustgrotte, dem Klopfen auf ihren Brustspitzen steigert sich die Geschwindigkeit ihres Atems.

Er verfolgt ihr Spiel. Sieht sie die Welt vergessend in andere Sphären entschweben. Sieht ihre Finger, sieht ihre Brüste, sieht das Bein auftauchen und sieht mitten hinein ins Zentrum ihrer Lust. Ihr leises Atmen wird zum hörbaren Stöhnen. Die Augen geschlossen, den Mund leicht geöffnet, entfährt diesem anmutig schönem Gesicht ein kurzer Schrei. Das rechte Bein platscht wieder ins Wasser. Mit einem Ruck setzt sie sich mit beiden Händen am Wannenboden abstützend auf. Ihre kleinen Brüste tauchen auf. Tief atmend gibt sie ihren lustverspielten Busen seinem Blick frei. Sie öffnet ihre Augen und strahlt ihn lächeln an.

Eine Weile verharrt sie in dieser Stellung. Dann steht sie langsam auf. Er sieht ihr sitzenbleibend zu, wie sie nach dem weißen Badetuch greift. Sie steigt aus der Wanne, tropfend und ihre Blößen nicht verdeckend macht sie zwei Schritte auf ihn zu. Er steht auf. Das Badetuch in der rechten Hand haltend lässt sie die Arme an ihrem Körper runter hängen. Vor ihm stehend folgt sie seinem Blick über ihren Busen, den Bauch hin zu ihrer leicht erhobenen Vulva. Einen Moment verharren sie beide. Dann löst sich ihr Blick vom eigenen Körper. Sie tritt ganz nah an ihn heran. Er glaubt ihre Brustspitzen durch seine Kleider hindurch zu spüren, obwohl sie ihn nicht mit ihrem Körper berührt. Sie küsst ihn auf die Wange.

„Frohe Weihnachten, Menschenbeobachter!" Sie lächelt. Er lächelt auch.

„Frohe Weihnachten!", sagt er.

Dann dreht er den schmiedeeisernen Schlüssel herum, wirft ihr noch einen fröhlichen Blick zu, huscht aus dem Badezimmer hinaus und schließt die Türe hinter sich. Auf leisen Sohlen macht er sich auf den Weg hinunter zur Kellertüre. Er zieht sich an, nimmt seine Blumen, verlässt das Haus und zieht die Kellertüre hinter sich zu.

Es sind nur ein paar Schritte bis hinauf auf den Rheindamm. Er lächelt in sich hinein. Und wieder der Heilig-Abend-Engel, denkt er. Und die Bilder in seinem Kopf gehen zurück zum Beginn dieser zauberhaften Begegnung.

Es war das erste Jahr in seiner Rente. Liebevoll hatte ihn seine Frau am Heiligen Abend angesehen. Sie wolle sich ein paar Stunden für sie selbst gönnen und sähe es gerne, wenn er sich noch ein bisschen in der Stadt rumtreibe. Er liebe es doch, Menschen zu beobachten. Und verspreche der Heilige Abend so kurz vor Ladenschluss nicht besonders vergnügliche Beobachtungen? Er lachte, küsste sie und machte sich auf den Weg. Wie Recht sie hatte. Wie auffällig war die männlich dominante Vorherrschaft bei der Käuferschar. Er amüsierte sich köstlich über das hektische Treiben und die exquisite Geschenkeauswahl, die da in den letzten Minuten vor Verkaufsschluss an diesem Heiligen Abend noch über die Theken gingen.

Irgendwann damals steht er in der am Parlamentsufer nahe des Rheinturms. Er genießt die kalte Luft, die sich vom Wasser herkommend noch eisiger anfühlt wie in den Straßenfluchten der Stadt. Das Treiben der Lastminute-Käufer ist hier nicht mehr ganz so hektisch. Da flaniert ein jugendliches Liebespaar, die Oma mit dem Rollator ist hier unterwegs, um die Möwen zu füttern und da drüben trippelt eine hübsche Blumenverkäuferin vor ihrem weißen Verkaufswohnwagen von einem Fuß auf den anderen, um sich zumindest ein wenig gegen die Kälte zu wehren. Es scheint sich allerdings zu lohnen, der Kälte zu trotzen, denn so manch ein Vorübereilender hält inne, um einen Strauß oder ein Gesteck aus ihrem Sortiment mitzunehmen. Zwischendurch beginnt das durchgefrorene Mädchen einige ihrer Blumen in den Wohnwagen zu räumen. Auch sie wird bald ihre kleine Bude schließen und irgendwo dann Weihnachten feiern.

Er geht zu ihr hinüber. Sie lächelt ihn an.

„Sie haben es sich ja sehr lange überlegt, Ihrer Frau heute Abend Blumen zu schenken!" neckt sie ihn mit einem schelmischen Lächeln.

„Oh ja, aber das Überlegen hat sich gelohnt!" hatte er geantwortet.

Verdutzt sieht sie ihn an? „Wie meinen Sie das?"

„Oh, es lohnt sich, sich Zeit zu nehmen und am Heiligen Abend die Menschen zu beobachten!"

„Sie sind heute am Heiligen Abend unterwegs, um die Menschen zu beobachten?"

„Ja und das ist eine wundervolle Beschäftigung, die mit vielen augenschmausigen Geschenken gefüllt ist!"

Sie lacht. „Augenschmausige Geschenke? Was tragen Sie denn da für ein Geschenkekorb mit sich?"

Er ist plötzlich total fasziniert von ihr. Das ist keine Blumenverkäuferin, denkt er und lässt sich weiter auf ihr kleines verbales Hin und Herr ein. „Sie haben es ja selbst erlebt, die hektischen Männer, die noch schnell Blumen kaufen, um nicht mit ganz leeren Händen zuhause anzukommen. Köstlich, ihre Not zu beobachten. Dann das junge Liebespaar, das vielleicht die letzten Momente ausnutzen muss, bevor jeder von beiden getrennt voneinander bei Mama und Papa Weihnachten feiern muss. Die alte Frau, die ihre Brotkrumen zu den Möwen bringt, weil sie zuhause niemanden mehr hat, den sie beschenken kann. Und das hübsche Blumenmädchen, das der Kälte trotzend hin und her tippelt, aber ihre Bude noch nicht schließen kann, weil ja doch noch einige von diesen vergesslichen Männern vorbeikommen und ihr ein paar Euros mehr in die schwarze Geldtasche spülen."

Sie lacht hell auf. „Beobachten scheint ja wirklich Ihre Leidenschaft zu sein!"

„Das ist wahr! Und damit es sich für sie auch lohnen soll, geben Sie mir doch noch drei ihrer Amaryllis da!"

„Oh, das sind die krummen, die kann ich Ihnen nicht anbieten. Die schönen habe ich schon weggeräumt. Warten Sie, ich hol ihnen drei schöne!"

Sie wollte in den Wagen springen.

„Nein, nein!", hielt er sie zurück, „geben Sie mir die Krummen, die blühen immer am schönsten unter dem Christbaum!"

Sie stockt, sieht ihn eine kleine Weile an.

„Sie beobachten die Menschen einfach so?

„Jede Beobachtung ist ein kleiner phantasieanregender Funke für eine eigene kleine Geschichte."

„Was machen Sie dann mit den beobachteten Geschichten?" Wieder sieht sie ihm schelmisch in die Augen.

„Nun ja, beobachten, da oben drin wachsen lassen", er deutet an seine Stirn, „und aufschreiben!"

„Warten Sie, ich will nur noch schnell die restlichen Blumen in den Wagen räumen. Oder sind Sie in Eile?"

„Nein, in Eile bin ich nicht, ganz im Gegenteil?" Sie trägt eine der kleinen Gesteck-Kisten in den Wagen. Er reicht ihr die letzte und den Eimer mit den beiden letzten Sträußen.

Sie hält in ihrer Räumarbeit inne, sieht ihn sehr ernst an. „Sie beobachten Menschen? Ja? Einfach so?"

Er lacht. „Ja, einfach so, wieso?"

„Beobachten, einfach zusehen?"

„Ich beobachte, ja! Ich sehe einfach nur zu!"

„Begleiten Sie mich ein Stück? Bitte!"

14

Sie räumt die restlichen Blumentöpfe in den Wagen, sieht auf die Uhr und nickt zufrieden, als sie den Wohnwagen absperrt und ihm drei krumme Amaryllis in die Hand drückt.

Dann läuft sie neben ihm auf die Rheinkniebrücke zu. Sie sei Studentin und finanziere sich mit den Blumen ihr Studium.

Was sie denn studiere, fragt er sie.

„Psychologie!" Deshalb interessiere sie seine Leidenschaft für Menschenbeobachtung.

„Keine Blumenverkäuferin, also." Er lächelt in sich hinein. „Es ist aber ein sehr kalter Job, dem Sie da bis in den Nachmittag dieses Heiligen Abend da nachgehen."

Eine Heizung im Wohnwagen müsste sie selbst finanzieren, das könne sie sich aber nicht leisten. Und bevor sie nun heute Abend zu ihrem Freund gehen würde, wolle sie sich im Haus ihrer Eltern aufwärmen. Ob er sie dahin begleiten wolle?

„Gerne!", antwortet er damals. Er habe nichts gegen eine so hübsche junge Begleitung mit einem so verschmitzten Lächeln und einer durchgefrorenen Nase, die selbst Rudolph dem Rentier alle Ehre machen würde.

Sie überqueren die Rheinkniebrücke und laufen die Düsseldorfer Straße in Oberkassel entlang. Vor einem der

Reihenhäuser mit einem winzigen Vorgarten bleibt sie stehen.

Das sei das Haus ihrer Eltern.

Er lächelt, nickt und will sich verabschieden.

„Wollen Sie mit reinkommen?" Ihre Augen flackern unsicher.

„Wollen Sie sich nicht nur aufwärmen? Was würden Ihre Eltern sagen, wenn Sie am Heiligen Abend mit einem fremden, alten Mann auftauchen? Nein, nein, ich treibe mich noch eine Weile hier draußen unter den Menschen rum!"

Ihre Eltern seien gar nicht zuhause. Sie seien noch in der Stadt. Sie betrieben dort ein Hotel. Sie kämen nicht heim bevor nicht der letzte Gast eingecheckt habe. Das sei selten vor 18 Uhr. Noch einmal bemerkt er ein unsicheres Flackern in ihren Augen. Im Haus gäbe es vielleicht auch etwas Besonderes zu beobachten.

„So gibt es denn noch andere Menschen außer Ihren Eltern in diesem Haus, die sich zu beobachten lohnen?" Fragend und belustigt sieht er sie an.

Sie erwidert seinem Blick.

„Sie haben doch heute Nachmittag bereits einem Blumenmädchen zugesehen. Lohnt es sich denn nicht auch eine Psychologiestudentin zu beobachten?" Wieder flackern ihre Augen ein wenig, aber das schelmische Lachen liegt wieder auf ihren Lippen.

Das sei durchaus eine Überlegung wert, erwidert er.

Da nimmt sie seine Hand und zieht ihn rechts die Garageneinfahrt hinunter und schließt die schmale Kellertüre auf. Sie legt einen Finger auf den Mund und bedeutet ihm die Blumen auf die Fliesen zu legen. Sie zeigt ihm einen Kleiderhaken hinter der Türe, an dem er seinen Mantel aufhängt, seine Pudelmütze in den Ärmel stopft und die Handschuhe in die Manteltaschen steckt. Sie deutet auf die Stiefel, die er auszieht, bevor er ihr in das Erdgeschoß folgt. Dort zieht sie ihre Wintersachen aus und hängt sie an die Garderobe. Auch ihre Stiefel stellt sie dort ab.

Wieder greift sie nach seiner Hand und zieht ihn in Richtung der Treppe in den ersten Stock.

Er sieht sich um in diesem Haus und ist fasziniert vom Stil dieses 30ger-Jahre-Hauses. Sie öffnet eine weiße Holztür, die im oberen Drittel mit einem Milchglas versehen ist und schaltet das Licht ein. Das Badezimmer hat eine modernere Sanitärinstallation, das schwarzweiße Fliesenmuster erinnert an die 60ger oder 70ger Jahre. Sie zieht die Türe hinter sich zu und dreht den schmiedeeisernen Schlüssel im Schloss um. Er sieht sie fragend an. Sie weist auf den Hocker, der im Eck steht.

„Beobachten! Nur zusehen!"

Er setzt sich ohne zu Zögern.

Sie dreht das Badewasser auf, das dampfend in die Wanne plätschert. Aus einer Flasche am Wannenrand kippt sie eine grünliche Substanz ins Wasser. Sofort breitet sich ein harziger Tannenduft in diesem kleinen Raum aus. Aus dem kleinen weißen Schränkchen an der Wand nimmt sie ein paar Teelichter und Zündhölzer. Stellt sie auf die Ablagen an den vier Ecken der Wanne und zündet sie an. Dann löscht sie das Deckenlicht.

Sie zieht erst den Pullover, dann ihr Langarmshirt über ihren Kopf, entledigt sich ihrer Jeans und ihrer dunklen wollenen Strumpfhose. Da steht sie nun nur mit einem knappen grünen Slip und dem passenden BH bekleidet und blickt ohne Scheu zu ihm. Sie greift in ihren Rücken und öffnet ihren BH. Zwei kleine feste Brüste mit neugierig aufgerichteten Spitzen pellen sich aus den grünen Körbchen. Sie legt den BH zu den anderen Kleidungsstücken und ihm den Rücken zugewandt, entledigt sie sich auch des Slips. Zwei feste runde Pobacken erobern unter ihrer schmalen Taille formvollendet seinen Blick. Fast erschrocken erfasst er die Unwirklichkeit seiner Situation. Hin- und Hergerissen von Faszination und Ungläubigkeit sieht er sie in die Wanne steigen. Das Wasser scheint im ersten Moment zu heiß zu sein. Sie bückt sich rasch, um die Mischbatterie auf kalt zu stellen. Er traut kaum seinen Augen, zweifelt an der Darbietung, die ihm diese junge Frau, kaum eine Armlänge von ihm entfernt, als wirklichen Augenschmaus auf einem silbernen Tablett serviert. Sie geht in die Hocke. Sieht noch einmal zu ihm hinüber, fast entschuldigend lächelnd, ob ihrer Ungeschicktheit in das heiße Wasser einzutauchen.

Dann liegt sie im leicht hellgrün schimmernden Wasser, das in wabernden Wolken den Dampf in den kleinen Raum abgibt. Als das Wasser ihren Hals erreicht hat dreht sie es ab. Stille breitet sich aus. Sein Blick ist nur auf sie gerichtet. Er sieht ihr Gesicht, beobachtet, wie sich kleine Schweißperlen auf ihrer Stirn gleich unter ihrem Haaransatz bilden. Dann auch auf ihrer Stupsnase, die ihr hervorstechendes Rot längst abgegeben hat und sich dem hitzigen Rosa ihrer Gesichtsfarbe angepasst hat. Er betrachtet ihre Brüste, deren Spitzen sich der wohligen Wärme zuliebe als kleine rotbräunliche Kappen von den hellen kleinen Hügeln absetzen. Ihre Arme liegen auf dem Wannenrand. Sein Blick schweift ihrem Körper entlang über ihren flachen Bauch hin zu ihrer haarlosen Vulva, die sie in zwei helle scheinbar unberührte Schamlippen zum sakralen Mittelpunkt dieser Zeremonie erheben. Ihre rechte Hand rutscht vom Rand hinab ins Wasser. Wellen verwischen das gerade noch nahezu anbetungswürdige Gemälde für seinen Augen. Ihre Finger finden das Ziel und streichen über ihren Venushügel und beginnen suchend den elektrisierenden Punkt ihrer Lust zu finden. Und wieder verwischt das göttliche Bild, als ihr linker Arm den Weg an ihre Brust sucht, um ihre aufkeimende Erregung die kleinen Spitzen streichelnd zu unterstützen. Die Finger der rechten Hand haben längst ihre verdeckte Klitoris gefunden und sorgen dafür, dass ihren Lippen leicht geöffnet ein rhythmisches Atmen entströmt. Sie hat die Augen geschlossen und fast verklärt treibt sie mit flinken Fingern langsam ihre Erregung an.

Ihm fällt es schwer zu glauben, den Nachmittag des Heiligen Abend in diesem kleinen Badezimmer zu sitzen. Diese attraktive junge Frau in ihrer Nacktheit zu beobachten und sich an ihrer Lust zu ergötzen.

Ihr rechtes Bein erhebt sich langsam vom Wannenboden und gewährt ihm unverstellt den Blick auf ihr rosarot schimmerndes Lustjuwel. Ihr Atem hat längst die Gleichmäßigkeit des Taktes verlassen und jagt im Sekundenschlag dem Höhepunkt entgegen. Ein kurzer hoher Schrei lässt sie in ihrem Fingerspiel verharren. Das rechte Bein findet den Weg zurück auf den Wannenboden. Ihre Finger verschwinden zwischen den festzusammengepressten Schenkeln. Sie verharrt tief schnaufend eine Weile. Dann öffnet sie die Augen. Mit beiden Armen stemmt sie sich nach oben und zieht sich in eine sitzende Stellung. Ihre kleinen Brüste tauchen aus dem Wasser auf. Langsam zieht sie die Beine an. Auch die Knie ragen nun über den Wasserspiegel hinaus.

Sie sieht zu ihm hinüber. Lächelt. Er nickt. Sie sieht Glück in seinen Gesichtszügen.

Eine Tür klappt. Er erhebt sich etwas erschrocken!

Sie legt ihren Finger auf den Mund und deutet ihm beruhigend zu schweigen.

„Myriam? Bist du oben?"

Sie antwortet: „Ja, Papa! Ich bin in der Wanne!"

„Isst du mit uns?"

„Nein, ich gehe zu Norbert! Aber ich komme gleich noch rein zu euch!"

„Guut!"

Dann klappt wieder eine Türe.

Sie erhebt sich aus dem Wasser, greift nach dem weißen Badetuch. Flüchtig trocknet sie sich ab, steigt aus der Wanne und tritt ganz nah an ihn heran. Er glaubt die Wärme ihrer Brustspitzen auf seiner Haut zu spüren. Aber sie berührt ihn nicht. Sie sieht ihm in die Augen. Der Schelm umspielt ihre Lippen.

„Du solltest jeden Heiligen Abend Menschen beobachten!", flüstert sie, „Frohe Weihnachten!"

Sie küsst ihn auf die Wange. Lautlos dreht sie den schmiedeeisernen Schlüssel im Schloss um, öffnet ebenso lautlos die Türe und schiebt ihn aus dem Bad.

Er schleicht zur Treppe. Dort dreht er sich noch einmal um. Sie hat die Türe weit geöffnet und gewährt ihm einen letzten Blick auf ihren wohlig gewärmten hüllenlosen Körper. Nun lacht sie lautlos, hebt die Hand, tritt zurück ins Bad und schließt die Türe.

So leise er kann schleicht er die Treppe hinunter. Hinter der der Wohnungstüre im Erdgeschoß ist Licht. Er nimmt auch die Kellertreppe nach unten, schlüpft in seine Stiefel, zieht seinen Mantel an, setzt die Mütze auf den Kopf und schiebt die Handschuhe über seine Finger. Er hebt die Blumen auf, schlüpft aus der Kellertüre und zieht sie hinter sich ins Schloss. Dann steht er in der Nacht dieses Heiligen Abend und macht sich auf den Heimweg.

Er nimmt die Walkürenstraße für die paar Schritte bis hinauf auf den Rheindamm. Dort geht er links den Damm entlang in Richtung Knie. Sie wird ihn erwarten, so wie die letzten Jahre auch. Sie wird alles gerichtet haben, die Kerzen am Baum werden brennen, kleine Geschenke werden darunter liegen, sie wird sich hübsch gemacht haben und die Geige zur Hand nehmen. Die Gedanken an den kommenden Abend lassen wieder ein zufriedes Lächeln über sein Gesicht huschen, während er in der eisigen Kälte den Fluss entlang stapft.

Als er das Haus betritt, schlägt ihm wohlig warm der feine weihnachtliche Geruch aus einer Mischung von Anis, Kardamom und Zimt entgegen. Sie hat Punsch gemacht. Aus der Stube klingen die ersten Töne von „Oh Du Fröhliche" in den Hausgang, die sie virtuos auf ihrer Geige intoniert. Nachdem er sich seiner Winterkleidung entledigt hat, tritt er in die vom Christbaum erhellte Stube. Sie sieht umwerfend aus. Er setzt sich in den Ohrensessel und betrachtet dieses -jedes Jahr immer wieder neu gemalte- Bild seiner weihnachtlichen Glückseligkeit. Wie aus einer anderen himmlischen Welt steht sie vor dem Lichterglanz des Baumes, streicht mit sanften Bewegungen über ihr Instrument und lächelt ihm erwartungsvoll entgegen. Sie trägt das lange schwarze Abendkleid, das von oben bis unten seitlich großzügig geschnürt ist und ihm damit verrät, dass sie unter dem Kleid splitternackt ist. Nur auf die hochhackigen Sandalen hat sie nicht verzichtet, wohlwissend, was sie damit bei ihm anregt. Der Ausschnitt des Kleides schenkt ihrem wohlgeformten Busen spärlich bedeckt prominente Aufmerksamkeit, die von den neugierig aufgestellten Spitzen unter dem seidigen Stoff noch besondere Betonung erfährt. Mit dem Spiel der Geige wiegt sich ihr schlanker Körper behutsam aufregend mit der Melodie. Sie spielt „Es ist ein Ros entsprungen". Er beobachtet, sieht ihr zu.

Als sie „Stille Nacht, heilige Nacht" spielt, steht er auf. Er stellt sich hinter sie. Mit beiden Händen fährt er sanft von den Achseln ab an ihrem Körper nach unten. Der seidige Stoff hält die Wärme ihres Körpers nicht im Zaum. Er streift ihrer Taille entlang auf ihre Hüfte. Sie beendet das Lied. Dreht sich um. Seine Hände liegen nun auf ihrem Po. Sie drückt sich an ihn, wehrlos das Instrument in der einen, den Bogen in der anderen Hand, erwidert er ihren Druck und zieht sie an sich.

„Frisch riechst du heute!", sagt sie, „Zitrone, Limette?" Ihr Blick ist belustigt fragend.

„Tannengrün" schießt durch seine Gedanken. „Du riechst nach Tannengrün!" sagte sie damals, als ihm das erste Mal bewusstwurde, dass er am Heiligen Abend zwei Engeln begegnet war.

Und noch bevor sie den Geschenken einen Blick würdigen, versinken sie auf dem weichen Teppich vor dem im Lichterglanz strahlenden Weihnachtsbaumes in himmlische Sphären.

Das Weihnachtsoratorium

Eva war es, die mich damals überredete, mit in die Übungsstunden des Chors zu gehen.

Wir hatten uns in der Lehre kennengelernt, uns sehr schnell angefreundet und sind seitdem regelmäßig gemeinsam um die Häuser gezogen. Natürlich war uns bewusst –und wir haben es genossen-, dass nicht wenige junge Männer einen Blick auf uns geworfen haben. Was als ein frivoles Spiel begann, wurde irgendwann ziemlich ernst. Eva verliebte sich in Norbert und ich ging letztendlich meinem Mann Martin ins Netz. Unsere Hochzeiten haben wir noch ausschweifend miteinander gefeiert, dann aber waren es die intensive Zeit mit unseren Partnern, die Kinder und wohl der Arbeitsalltag, die Eva und mir die gemeinsame Zeit stahlen.

In einem Café wollten wir es dann nicht mehr länger bedauern, dass wir keine Zeit mehr füreinander hatten. Eva erzählte mir damals, dass sie seit einem Jahr regelmäßig zu den Chorproben der evangelischen Gemeinde ginge, einfach um aus dem Alltagstrott auszubrechen. So kam es, dass ich mich ihr anschloss und von da an auch jeden Donnerstag zum Singen in den Gemeindesaal ging, um anschließend mit Eva wie früher um die Häuser zu ziehen. Natürlich waren wir nun keine Teenies mehr und auf

Abenteuer aus. Trotzdem fanden wir uns ein um das andere Mal verrückt tanzend in der Sonderbar oder im Privé wieder und dort fehlte es auch nicht an manchem Flirt mit der neugierigen Männerwelt.

Schon vor meiner Zeit hatte sich der Chor nicht nur in der unmittelbaren Umgebung einen Namen gemacht und war deshalb auch regelmäßig auf Fahrt zu dem ein oder anderen Auftritt unterwegs. Ich nahm an diesen Fahrten aus Rücksicht auf meine Familie nicht teil. Als einmal zu Weihnachten die Kinder am zweiten Weihnachtsfeiertag bei Martins Eltern eingeladen waren, schlug Martin vor, mich zur Aufführung des Weihnachtsoratoriums zu begleiten. Wir hätten zwischen Weihnachten und Neujahr eh frei und könnten anschließend noch gemeinsam Rothenburg ob der Tauber genießen. Eva war begeistert, als ich ihr sagte, dass ich mitkäme. Auch Norbert schloss sich daraufhin uns an. Und tatsächlich hatten wir drei wunderschöne Tage zusammen.

Als im vergangenen Jahr die Frage anstand, die Sache zu wiederholen, winkten beide Männer ab. Sie hätten das Weihnachtsoratorium ja nun schon einmal gehört und seien keine solchen Bach-Fans, um nun jedes Jahr daraus eine Tradition machen zu wollen. Sie hatten wohl letztes Jahr Spitz gekriegt, dass diese kinderlose Zeit auch einen Kurztrip nach Innsbruck zur Vier-Schanzen-Tournee möglich machte und so gingen sie eigene Wege.

Eva und ich sitzen am Morgen des Stefani-Tages aber wieder zusammen mit Chor und Orchester im Bus um am späten Nachmittag in der Jakobskirche das Weihnachtoratorium zu singen. Auch wenn es eine Freude war, den Weisungen unseres jungen Dirigenten zu folgen, ein Genuss, das

Jauchzet, frohlocket, auf, preiset die Tage,
rühmet, was heute der Höchste getan!
Lasset das Zagen, verbannet die Klage,
stimmet voll Jauchzen und Fröhlichkeit an!

aus voller Brust in die Höhe des Kirchengewölbes steigen zu lassen und ein emotionales Bad im voluminösen Klang des Orchesters ein um das andere Mal in Gänsehaut einzutauchen, so war der Tag nach Probe und Auftritt sehr anstrengend.

Eva und ich ziehen uns deshalb bald nach dem Abendessen im Hotel ins Zimmer zurück.

Erschöpft lass ich mich rücklings aufs Bett fallen. Eva steht eine Weile vor dem Bett und betrachtet mich.

Dir sieht man die beiden Kinder überhaupt nicht an! Sagt sie unvermittelt. Überrascht beginne ich zu lachen.

Das Gleiche kann ich von dir sagen, erwidere ich, sieh dich an, deine Figur ist top. Da gibt's doch nichts zu meckern.

Für dich nicht! Sagt sie. Norbert nörgelt schon ab und zu. Cellulitis und mein Busen haben die beiden Jungs auch nicht ganz ungeschoren gelassen.

Der muss reden! Der soll mal besser auf seine Bauchwölbung achten, tröste ich sie.

Hast Recht. Sie lacht und beginnt sich auszuziehen. Ich gehe unter die Dusche sagt sie, ohne sich abzuwenden. Im Nu streift sie Bluse und Hose ab, pellt die Strumpfhose über die Beine und steht in reizvollem dunkelgrünen BH und Slip vor mir. Tatsächlich gibt ihr imposanter Busen ein bisschen nach, als sie den BH über die Schultern abstreift. Ohne Scheu steigt sie auch aus dem Slip und greift, sich zu mir herunterbeugend zum Duschtuch, das schön gefaltet auf dem Bett bereit liegt. Sie bemüht sich nicht ihren Busen oder ihre blankrasierte Vulva zu bedecken. Meine Überraschung lässt mich schlucken, macht mich aber völlig wehrlos gegen die wohlig warme Flut, die sich in meinem Körper breit macht und mich in eine mir unbekannte Spannung katapultiert. Sie geht ins Bad. Ich sehe ihr nach. Ihr Po ist kräftig und muskulös. Und Cellulitis kann ich weder an ihren Hüften noch an den Oberschenkeln erkennen. Sie hat Taille und einen makellosen Rücken auf dem sich lediglich die Druckstellen des BHs abzeichnen. Ihre kurzen blonden Haare geben ihren schlanken Hals frei und lassen sie wirklich sehr jugendlich erscheinen.

Das Kribbeln in meinen Lenden macht mich nervös. Meine erotischen Fantasien haben sich bis heute nur um Männer gedreht und mir eine Realisierung nie erlaubt, weil ich- auch wenn sich unser Sexleben über die Jahre etwas reduziert hat- in Martins Zärtlichkeit und seinem variantenreichen Spiel mit meinem Körper immer wieder meine Erfüllung finde. Ja, da ist in meinen Gedanken schon mal ein zweiter Mann -unser junger Dirigent zum Beispiel-, den ich mir vorstelle, wie er in mich eindringt, während Martin meine Brüste knetet und mir dabei gestattet seinen steifen Schwanz genussvoll mit dem Mund zu liebkosen. Wenn Martin mich von hinten nimmt, stelle ich mir vor den Steifen eines anderen Mannes mit jedem Stoß in meinem Rachen versinken zu lassen. Und auch die Phantasie, es könnten zwei oder drei Männer zugleich wichsend auf meinem Bauch und meinem Busen abspritzen, reizt mich an manchen Tagen meine Hände dazu zu ermuntern mir mit einem Orgasmus eine Wohltat zu bereiten.

Nun sehe ich meiner nackten Freundin hinterher und schwebe hilflos in einer erotischen Spannung, der ich zu entkommen nicht in der Lage bin. Ich bleibe reglos liegen, merke, wie sich meine Brustwarzen zusammenziehen, wie sie sich hart gegen die Gefangenschaft meines BHs wehren und einem Feuerzeug gleich mich zum Lodern bringen. Mein Atem stockt, ich ringe nach Fassung, wehrlos nehme ich die geile Überflutung meines Körpers zur

Kenntnis. Ich schreie nach Vernunft. Sie geht zum Duschen! Nichts weiter! Einfach nur Duschen ohne jeden Hintergedanken! Wieso sollte ihre Nacktheit mich aus der Fassung bringen, mich erotisieren. Wir sind Freundinnen. Nein, bisher haben wir uns noch nie nackt gesehen. Im Bikini wohl, damals als Teenies. Aber nackt? Nein, nackt waren wir noch nie zusammen. Jetzt mit über dreißig Jahren sollten wir unsere Nacktheit ohne Hintergedanken ertragen können. Sollten wir. Sie ist schön. Sie ist erotisch. Sie macht mich geil.

Ich setze mich auf. ‚Dummkopf!' sag ich zu mir und beginne mich auch auszuziehen. Ich schlage das Handtuch um meine Brust, greif nach der Fernbedienung und schalte, um mich abzulenken den Fernseher an. Ein Krimi, was sonst. Ich nehme den Schlafanzug und die Kulturtasche aus meinem Koffer. Meine Beine zittern ungewöhnlich, als Eva aus dem Bad tritt. Ihre Haare sind nass und strubbelig. Das Handtuch hat sie im Bad gelassen. Welch eine erotische Pracht. Ich versuche meinen Blick auf dem Bildschirm festzutackern. Sie stellt sich hinter mich. Ich spüre die geduschte Wärme, die sie ausstrahlt. Ich rieche den betörenden Limettenduft, den ihr gecremter Körper umschmeichelt. Ich sehe ihre schweren und doch sehr straffen Brüste im Bildschirm spiegelnd. Mein Mund ist sprachlos und trocken. Aber die Flut erreicht meine Möse.

Du kannst jetzt in die Dusche, sagt sie und legt ihre Hand auf meine nackte Schulter. Eine elektrische Explosion. Wenn ich aufstehe, knicken mir meine Beine weg. Wenn ich mich umdrehe, bringt mich das Bild um den Verstand.

Sie geht zu ihrem Koffer. Einen Moment beglücke ich mich wieder am Anblick ihres Rückens. Dann gebe ich mir einen Ruck. Sei vernünftig, hämmere ich mir ins Hirn. Ich gehe ins Bad.

Eiskaltes Wasser lasse ich über meinen Körper laufen. Ich erschaudere. Meine Gedanken klaren eisig auf.

Da ist wieder das Oratorium:

Wie soll ich dich empfangen
und wie begegne ich dir?
O aller Welt Verlangen,
o meiner Seelen Zier!

Trotz kaltem Wasser erstarre ich. Vor meinen Augen tanzen ihre schweren Brüste, ihr flacher Bauch schwingt zur Melodie und die festen Schenkel wirbeln die Bach'sche Musik durch meine zügellosen Gedanken.

Nahezu von Sinnen drehe ich die Armatur auf heiß! Ein kurzer Schrei entfährt mir. Eva steht Sekunden später in der Türe.

Ist was? Sie sieht mich mit erschrockenen Augen an.

Nein, sage ich, nur von eiskalt auf heiß war einfach zu heftig.

Gott sei Dank, lacht sie, bleibt stehen und betrachtet mich durch die sich langsam mit Wasserdampf beschlagene Duschwandscheibe.

So sehe ich nackt aus, denke ich. Wie geht es dir dabei? Es bleibt mein Gedanke während ich mit der Hand die Scheibe klar wische. Du sollst mich sehen, denke ich. So mit Wasser auf meinem Körper erkennst du mein Begehren nicht. So lasse ich es nicht zu, dass du das Feuer entdeckst, das du ohne zu fragen in mir entzündet hast. So nackt wie ich bin, verstecke ich mein Verlangen hinter dem perlenden Wasser und dem wabernden Nebeldampf.

Wieder wische ich über das Glas. Sie steht immer noch da. Splitternackt und sieht mich an.

Du bist schön, sagt sie, dreht sich um und geht ins Zimmer zurück.

Während ich ihr nachsehe, wird mir klar, dass die Flut an meinen Schenkeln nicht nur dem Duschwasser geschuldet ist.

Als ich einige Minuten später aus dem Bad komme, steht sie weiterhin nackt vor dem großen Wandspiegel des Hotelzimmers. Nur einen Moment hat es bedurft um all meine vernünftigen Gedanken in Luft aufzulösen. Ihr Körper, zur Hälfte real, zur Hälfte gespiegelt entzieht mir augenblicklich jeden Widerstand.

Sie dreht sich zu mir um, tritt auf mich zu und schüttelt lächelnd den Kopf.

Brauchst du wirklich diesen Schlafanzug? Sagt sie und beginnt die Knöpf meines Oberteils aufzuknöpfen.

Ich lasse es zu. Die Jacke rutscht zu Boden. Mit den Fingern fährt sie sanft über meinen Busen und verharrt an meinen steifen hoch aufgerichteten Brustwarzen.

Glaubst du wirklich, ich brauche die beiden Neugierigen da, um zu merken, was los ist mit dir? Mein Gott, Lena, wir kennen uns doch schon so lange. Sie geht in die Knie und zieht meine Schlafanzughose bis zum Boden hinunter. Als sie wieder hoch kommt berühren sich unsere Brüste. Sie macht einen kleinen Schritt mehr auf mich zu. Presst ihren Busen gegen den meinen und reibt ihn sachte nach oben und unten. Ich spüre ihre Nippel. Meine Finger zittern und auch die Knie gehorchen mir nicht mehr.

Sie nimmt meine Hände und zieht mich vor den Spiegel. Sie stellt sich hinter mich. Nun spüre ich ihre schweren Früchte in meinem Rücken. Sie legt ihr Kinn auf meine Schulter, blickt mir über den Spiegel in die Augen und fährt mit ihren Händen langsam über meinen Körper.

Natürlich bin ich wieder wehrlos. Natürlich lasse ich das Spiel ihrer Hände zu, giere nach mehr und versuche mit aller Gewalt jeden vernünftigen Widerstand zu vertreiben. Ich will! Schießt es durch meinen Kopf. Ja, ich will!

Oh komm und setze
mir selbst die Fackel bei,
damit, was dich ergötze,
mir kund und wissend sei!

Sehnsüchtig achte ich auf ihre Hände, erwarte ihre spielenden Finger als Reisende, Entdeckende im Gebirge meines Verlangens. Nimm mich, pocht es in mir, nimm mich und flute mich. Halte nicht ein, bitte, bitte halte nicht ein. Sanft legt sich ihre Hand auf meine Vulva. Mein Begehren kann ihr nicht verborgen bleiben. Nicht jetzt, nicht in diesem Moment.

Wärst du an meiner Stelle, Lena, sagt sie, auch du könntest meine Sehnsucht nicht übersehen. Wie du fiebere ich voller Verlangen. In meinen Träumen stehe ich schon viele Jahre so vor dir. Wehrlos und bereit mich einfach hinzugeben.

Ich drehe mich zu ihr um. Sehe ihr in die Augen. Eva!? Sage ich.

Bedingungslos, Lena, bedingungslos nicht besitzergreifend, nur dem Moment geschuldet. Treiben lassen ohne Fragen.

Dann küssen wir uns das erste Mal. Unsere Brüste pressen sich wieder aneinander. Ich drücke ihr meinen Oberschenkel an die Vulva und spüre ihre feuchte Ungeduld.

Sie zieht mich auf das Bett. Meine Hände krallen sich in ihre festen Pobacken. Meine Zunge wühlt in ihrer Mundhöhle. Ich fließe aus. Sie drückt mich mit einer Hand fest aufs Bett und richtet sich auf. Seitlich neben mir kniend beginnt sie mit der anderen Hand meine Brüste zu streicheln. Ich schließe die Augen.

Brich an, o schönes Morgenlicht,
und lass den Himmel tagen!

Ich spüre ihre zärtlichen Finger, lasse mich einfach fallen. Sie löst den Druck der anderen Hand und dann sind es wie vor dem Spiegel die beiden Hände, die sich meiner Haut bemächtigen und scheinbar jeden Winkel erforschen wollen. Ich liege auf dem Rücken, ihre Finger tanzen über meine Brüste, zwirbeln an meinen Brustwarzen, trommeln über meinem Bauch, tasten meine Schenkel entlang. Ich liege auf dem Bauch und spüre leichtes Kneten in meinem Nacken und zärtliches Streifen über meinen Rücken. Fest liegen beide Hände auf meinen warmen Pobacken. Sanft spreizen sie meine Schenkel. Zärtlich warm bahnt sich ihr Finger den Weg in meine Pofalte, drückt liebevoll gegen meinen Anus und erreicht endlich das überflutete Zentrum meiner Lust. Sie wirbelt sachte zwischen meinen Schamlippen. Meine Perle explodiert, als sie mit dem Finger darauf zu tanzen beginnt. Ich verliere den Verstand. Dann ist plötzlich ihre Zunge da. Mit beiden Händen drückt sie meine Schenkel weit auseinander, lässt sich zwischen meinen Beinen nieder und beginnt mit ihrer Zunge mir den Nektar zu entlocken. Ich bin wie im Trance. Himmlische Melodien wirbeln durch meine Gedanken:

Labe die Brust,
empfinde die Lust,
wo wir unser Herz erfreuen!

Es gibt kein Zurück mehr. Ich rase in ungeahnter Geschwindigkeit einer völlig haltlosen Ekstase zu. Ihre Zunge trommelt auf meine Lustperle, ihre Finger tauchen in meine Grotte und umkreisen saftgetränkt mein Poloch. Gewaltig und in nie erlebter Heftigkeit platzt der Orgasmus in die Mitte meines Körpers, reißt mich in wollüstige Unendlichkeit und jagt Schauer um Schauer von den Haarspitzen zu den Fußsohlen.

Eva hat beide Hände auf meine Pobacken gelegt. Ihr Kopf liegt zwischen ihren Händen. Sie wartet ab bis die flutenden Wellen in meinem Körper abebben und sich beruhigen. Langsam schiebt sie sich nach oben. Ich spüre ihren Atem im Nacken. Ihre Lippen berühren zärtlich meinen Hals, sie streichelt mir über das Haar, zärtlich umspielen ihre Finger meine Augen, die Nase und den Mund. Dann küsst sie meinen Rücken, meinen Po, meine Schenkel. Sanft dreht sie mich um, küsst meinen Hals, die Brüste, den Bauch, labt sich zärtlich noch einmal am Nektar meiner Lust. Wie ein Laserstrahl durchzuckt es meinen Körper als sie meine Lustperle mit ihrer Zunge streichelt. Sie hält inne, um mir gleich darauf den nächsten Strahl durch Leib und Seele rasen zu lassen. Ich bin von Sinnen.

Schließe, mein Herze, dies selige Wunder

Sanft und weich drückt sich ihr warmer Körper an mich dran. Ich spüre wieder ihre weichen Brüste an meiner Seite. Ihre Hand liegt regungslos auf meiner Brust. Wieder habe ich ihren frischen Limettenduft in der Nase. Ihr Schenkel schiebt sich über meine Beine, als wolle er mir wärmende Zudecke sein. Langsam komme ich zu mir. Mein Herz klopft unüberhörbar!

Hörst du es auch? Frage ich.

Sie lacht. Ja, es ist nicht zu überhören!

Sie greift mit der rechten Hand nach einer der zerwühlten Decken und zieht sie über uns. Ich kuschle mich in ihren warmen Körper und erwarte auf den Schlaf, der mich augenblicklich übermannt.

Meine Augen erfassen das Dunkle, als ich erwache. Noch immer liegt ihre Hand auf meiner Brust, ihr warmer Busen schmiegt sich in gleichmäßigen Atemzügen gegen meinen Rücken, ihre Knie verkriechen sich in meinen Kniekehlen und ihre Vulva wärmt sich zärtlich an meinem Po. Ich verharre einige Minuten bewegungslos.

Du bist wach? Der Hauch ihrer Worte kringelt sich an meinem Ohr. Ich löse mich aus meiner embryonalen Stellung und drehe mich zu ihr. Große wache Augen durchdringen die Dunkelheit. Ich küsse sie.

Bereite dich, mit zärtlichen Trieben,
die Schönsten, die Liebste bald in dir zu sehn!

Meine Hände gleiten über ihre Brust. Füllig sind sie, fest und ihre Brustwarzen recken sich lustvoll erigiert meinen Fingern entgegen. Sie verharrt wehrlos. Ergeben legt sie ihre Arme über den Kopf. Einladend um zu empfangen. Ein leichter Hauch von Limette und Körperduft entsteigt ihren Achselhöhlen. Ich beuge mich hinunter, labe meine Zunge daran, um sie dann den glatten warmen Hügel im holprigen Hof mit der steil aufgerichteten Brustwarze spielen zu lassen. Ihr Atmen bekommt leise Töne. Wellengleich sinkt ihre Brust um sich augenblicklich wieder meinen Lippen entgegenzustemmen. Meine Zunge trommelt gegen die gierig harten Nippel, während meine Hände ihre weichen Hügel sanft kneten.

Labe die Brust,
empfinde die Lust,
wo wir unser Herz erfreuen!

Ich dränge mein Knie zwischen ihre Beine. Ihre Schenkel gleiten geschmeidig auseinander. Lustvoll reibt sich ihre Vulva auf der Haut meines Oberschenkels. Meine Hand gleitet ihre Taille entlang, flach liegt sie bald auf ihrem Bauch, der wellenweich den Rhythmus ihres Atems wiedergibt. Ich küsse ihren Bauch, umspiele ihre Geburtsnabe und ohne die Hände von ihrer Haut zu lassen, erreicht mein Mund den Hügel ihrer Lust.

So will ich dich entzücket nennen,
wenn Brust und Herz zu dir vor Liebe brennen.

Ein leichtes Zittern durchströmt sie. Die Melodien ihres Atmens werden lauter. Ein kurzes Straffen nur mit meinen beiden Daumen lassen ihre Perle dem gefluteten Versteck entspringen und zeitgleich mit der ersten Berührung meiner Zunge, schwebt ihr hohes C durch den Raum. Mit beiden Händen drücke ich ihr Becken gegen das Bett. Dann tauche ich ein in die sprudelnde Quelle ihrer Lust. Meine Zunge erquickt sich an den triefenden Schamlippen, tanzt auf ihrer Lustperle, um augenblicklich in ihre Höhle vorzudringen. Nahezu verzweifelt versucht sie ihre Schenkel weiter zu spreizen. Einladend meine Zunge tiefer in sich aufzunehmen. Ich nehme meine Finger zu Hilfe. Widerstandslos tauchen drei Finger gleichzeitig in ihre begehrend geöffnete Grotte. Sie stöhnt auf.

mit dir will ich endlich schweben
voller Freud

40

ohne Zeit
dort im andern Leben.

Es gibt kein Halten mehr. Ich tanze mit meiner Zunge über ihre Klitoris, gebe den Finger den Rhythmus vor, tief in ihre Lusthöhle zu gleiten um sie anschließend zurückzuziehen und dann heftiger und tiefer in sie einzudringen. Das Stakkato ihres Stöhnens wird kürzer, meine Finger immer schneller und meine Zunge presst sich fester auf die spiegelglatte Perle ihrer Lust. Nach Luft schnappend erhebe ich meinen Oberkörper. Die Finger meiner anderen Hand übernehmen das Spiel an ihrer Perle. Ich lasse nicht nach sie dort kräftig zu reiben, während die anderen Finger lustvoll in ihre triefende Grotte rein und raus jagen.

Sie wirft stöhnend ihren Kopf von einer Seite auf die andere. Erdbebengleich rasen orgastische Wellen über Brust und Bauch, ihre Arme weit von sich gestreckt, krallen sich ihre Finger in die Bettdecke. Sie lässt alles zu, bereit sich widerstandslos jeder Kontrolle zu entziehen, entlocken meine stoßenden Finger ihrer Lusthöhle endlich den erlösenden Strom in die orgastische Wehrlosigkeit. Ein kurzer spitzer Schrei. Ein plötzliches Anziehen ihrer beiden Knie und ein stoppender Griff auf meine in ihrer Grotte halb versunkenen Hand mündet in ein leises herzhaftes Wimmern. Sie zittert. Ihre Beine, ihre Hand, ihre Brust. Ich entziehe ihr sachte meine Hand. Ihre Beine strecken sich wieder. Ich ziehe eine Decke über sie, lege mich an ihre Seite aufgestützt auf meinen Arm betrachte ich ihr glühendes Gesicht.

Deine Wangen
müssen heut viel schöner prangen,
eile, den Bräutigam sehnlichst zu lieben!

Morgen kommen die Kinder wieder, sagt Martin und zwinkert mir vielsagend zu. Er zieht mir das Sweatshirt über den Kopf, öffnet den BH, zieht mir die Jogginghose samt meinem Slip über die Knie und drückt mich auf das Sofa. Nackt strecke ich ihm mitten am Tag mein blankes Hinterteil entgegen. Ich warte, bis auch er sich seiner Kleider entledigt hat und mit aufrechtem Schwert hinter mich tritt. Seine Hand klatscht auf meine Pobacke. Erst die rechte, dann die linke. Mein Po glüht und gleichzeitig beginnt meine Mösenquelle zu sprudeln. Ungeduldig erwarte ich seine pralle Männlichkeit, die sich erst behutsam und dann gierig ungeduldig ihren Weg in mein allzu bereites Lustzentrum bahnt.

Nimm hin! Es ist mein Geist und Sinn,
Herz, Seel und Mut, nimm alles hin,
und lass dirs wohlgefallen!

Ja, nimm hin, nimm mich, nimm mich, halte nicht ein. Lass mich spüren ungezügelt, wild teile mich, lass dich erregen vom Anblick meiner rosa glühenden Backen, die gierig dein Schwert verschlingen. Je heftiger, je praller, je tiefer dein Schwanz in mich eindringt, je lauter dein Sack gegen meine Klitoris klatscht, so deutlicher wird das Bild von Evas Brüsten vor meinen Augen, so klarer höre ich ihre heiße Möse schmatzen, so fester spüre ich ihre Hände meine Brüste kneten. Kein andrer Mann mehr begleitet mich zu meiner Welle ungeteilter Lust. Martins Explosion erfüllt mich wohlig warm. Noch ist es kein Punkt der mein Ersehntes stillt, noch ist es ein wohlig geiler Grat. Er hält inne.

Flößt, mein Liebster, flößt dein Namen
auch den allerkleinsten Samen
eines strengen Schreckens ein?
Nein, du sagst ja selber nein.
Sollt ich nun das Sterben scheuen?
Nein, dein süßes Wort ist da!
Ich sollt mich erfreuen?

Ich löse mich von ihm, dreh mich um. Mit gespreizten Schenkeln suchen meine Finger meine geschwollene Lustperle. Ich reibe, ich presse, die Finger der anderen Hand versinken im Nektar und Sperma getränktem Nest meiner ungestillten Gier. Meine Finger jagen durch die klatschnasse Furche meiner Lust bebildert mit dem noch hochaufgerichteten Schwert in Martins Hand, Evas großen gierigen Augen in der Dunkelheit, Martins Blick auf meine nicht nachlassende Ungezügeltheit, meine Finger in ihrer Grotte, an ihren Möpsen, meine Zunge an ihrer Spalte...Da ist er, der Punkt, die Flut, die Welle, die mir jede Kontrolle über mich verbietet. Ich lass mich treiben, widerstandslos...

ich komme, bring und schenke dir,
was du mir hast gegeben!

Eva sieht mich fragend an. Kein schlechtes Gewissen, Lena, sagt sie. Bedingungslos und nur dem Moment geschuldet. Bewahre es dir, so wie ich das mache.

Ich nicke. Lass uns immer wieder Weihnachten feiern, sage ich.

Wieso nicht? Sie lächelt. Dann freue ich mich jedes Jahr sehr viel mehr auf das Weihnachtsoratorium.

Dann steigen wir zu den anderen in den Bus. Martin! Ich freue mich auf ihn und den einen Tag ohne die Kinder.

Ja, ja, mein Herz soll es bewahren,
was es an dieser holden Zeit
zu seiner Seligkeit
für sicheren Beweis erfahren.

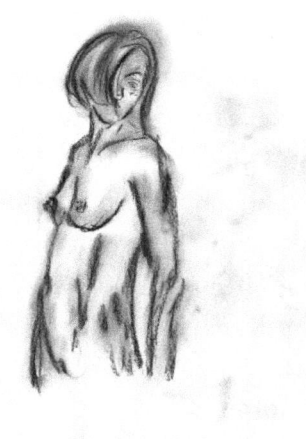

Wunschzettel

1.

Daniel:

Seit einigen Jahre hat sich in unserer Stadt eine wunderbare Tradition etabliert. Auf dem Weihnachtsmarkt gibt es einen Wunschzettelbaum. Dahinter steckt die Idee, einen auf eine kleine Karte geschriebenen Wunsch in den Baum zu hängen, der einem voraussichtlich zu Weihnachten von seinem eigenen Umfeld nicht erfüllt werden wird. Dabei geht es nicht immer nur um materielle Wünsche. Vielleicht gibt es irgendjemanden in der Stadt, der diesen Wunsch liest und das Kärtchen an sich nimmt, weil er sich in der Lage glaubt, dem Kartenschreiber seinen Wunsch erfüllen zu können.

Anfangs haben sich einige Jugendliche damit eher Scherze erlaubt und natürlich sind es in erster Linie Kinder, die sich ganz besonders hochwertige Spielsachen und Elektrogeräte wünschen. An zweiter Stelle bitten ältere Menschen darum, sie aus ihrer Einsamkeit an den Weihnachtstagen zu erlösen. Mit den Jahren aber hat sich der Wunschzettelbaum zu einem seriösen sozialen Engagement entwickelt, an dem auch ich mich manches Jahr beteiligt habe. So habe ich einmal einen alleinstehenden alten Herrn am Heiligen Abend mit zu meinen Eltern mitgenommen, ein andermal habe ich einen geschmückten Christbaum für eine alleinerziehende Mama und ihre zwei Kindern besorgt und dann auch mal einer anderen minderbemittelten Familie die Weihnachtgans finanziert.

Dieses Jahr aber halte ich plötzlich eine Karte in der Hand, die mich erstaunt stutzen lässt und an deren Seriosität ich zunächst auch zweifle.

Lisa:
Der Weihnachtsmarkt in dieser Stadt hat etwas Kuscheliges an sich. Viele kleine Buden ganz eng zusammengerückt auf einem Platz mitten in der Stadt zwischen schönen alten Bürgerhäusern. An mächtigen Bäumen hängen große weiße Herrnhuter-Sterne und aus unsichtbaren Lautsprechern ertönen in angenehmer Lautstärke bekannte Weihnachtslieder.
Ich schlendere über den kleinen Markt. Das Warenangebot ist ganz besonders: von selbstgestrickten Socken und Topflappen, über eine reiche Auswahl an phantasievollen Zinnfiguren, Goldschmiedearbeiten und Strohsternen bis zu scheinbar angerosteten Schokolade-Werkzeugen. Dazu steigt mir der Duft von Apfelküchle, gebrannte Mandeln und würzigen Glühwein oder aber auch Fladenbrot und Bratwurst in die Nase.
Mitten auf dem Platz steht ein kleiner beleuchteter Weihnachtsbaum an dem lauter kleine Karten hängen. Ich bleibe stehen und lese. Das Schild über einem kleinen Holzkästchen neben dem Baum, in dem Kärtchen mit silbernen Bädern und einige Kugelschreiber liegen, klärt mich über den Baum auf:

Der Wunschzettelbaum!
Bediene dich! Nimm eine Karte, schreibe deinen Wunsch darauf und hänge ihn an den Baum! Vergiss deine Kontaktdaten nicht, damit dein Wunsch auch erfüllt werden kann!
Oder:
Lies die Karten, die am Baum hängen! Wenn du einen Wunsch findest, den du gerne erfüllen möchtest, nimm die Karte vom Baum und setze dich mit dem Kartenschreiber in Verbindung.
Frohe Weihnachten!

Ungläubig bleibe ich bleibe eine Weile vor diesem Baum stehen und lese ein paar Karten. Süße Wünsche von Kindern stehen darauf. Eine Mutter bittet um gebrauchte Kinderkleidung, ein Mann sucht einen vierten Schafkopfspieler und eine Geigerin nach einer Pianistin. Was für eine Idee!
Funktioniert das wirklich? Darf ich als erwachsene Frau, der es finanziell gut geht, wirklich einen Wunsch äußern, der mit Geld nicht zu bezahlen ist? Warum nicht? Ein Versuch ist es allemal wert. Man kann ja Dank Internet vorerst ja auch anonym bleiben.
Ich greife nach einer Karte in der Holzbox und schreibe hinter einer Verkaufsbude:

Einmal im Leben phantasievollen und hemmungslosen Sex haben können.
Vanillekipferl-w-39@ web.de.

Natürlich hänge ich meinen Wunschzettel ganz oben in den Baum, damit nicht Kinder diese Karte in die Hände bekommen. Die aufgeschriebene E-Mail ist nachher gleich eingerichtet. Ich bin gespannt, ob sich etwas tut.

Daniel:
Ich stutze. Ist das wirklich ernst gemeint oder macht sich da jemand nur einen Scherz? Es dauert ein paar Sekunden bis ich mich entschließen kann, die Karte vom Baum zu lösen und sie einzustecken.

2.

Mittwoch, 6.Dezember 2023, 21.03 Uhr
Liebes Vanillekipferl,
erstaunt und überrascht habe ich die Karte in der Hand, die du an den Wunschzettelbaum am Weihnachtsmarkt gehängt hast. Zum einen frage ich mich, ob es nicht nur ein Fake ist, mit dem du dir den Advent bespaßen willst, zum anderen halte ich es -wenn der Wunsch wirklich ernst gemeint ist- für ziemlich mutig, in einer kleinen Stadt wie der unseren so einen Wunsch öffentlich zu äußern. Die Möglichkeit, dass wir beide Nachbarn sind, zusammen im gleichen Sportverein trainieren oder im Theater nebeneinandersitzen, ist wohl nicht ganz auszuschließen.

Ich gehe jetzt einfach davon aus, dass du es tatsächlich ernst meinst und bin stark daran interessiert zu erfahren, was du denn mit ‚phantasievoll und hemmungslosen Sex' meinst? Hinter deinem Wunsch stecken doch ganz konkrete Vorstellungen, die du dir in deinem Kopfkino sicher schon ausgemalt hast. Wenn das so ist, dann lass mich ein paar von deinen Phantasien wissen, dann können wir ja sehen, ob unsere Vorstellungen kompatibel sind und wir uns aufeinander einlassen wollen.

Liebe adventliche Grüße
Daniel.

Mittwoch 6. Dezember 2023, 21.52 Uhr
himmlischestunden@web.de
Lieber Daniel,
die ‚Vanillekipferl'-Adresse habe ich, wie du festgestellt haben wirst, gelöscht. Deine Mail hat es gerade noch geschafft. Eigentlich war ich der Meinung, man nimmt die Karte vom Baum, wenn man jemanden seinen Wunsch erfüllen möchte. Ich habe aber bereits einige Mails bekommen, die allesamt aber ziemlich daneben waren. Da haben wohl einige Machos dieser Stadt zugeschlagen. Sehr ordinär und vulgär. Du bist der erste, der sich nach meinen Vorstellungen erkundigt und auch offenlässt, ob wir letztendlich zusammenkommen. Und so bist du auch der erste und -nachdem ich die Mailadresse gelöscht habe- auch der Einzige, der von mir eine Antwort erhält.

Es ist schön, dass du dich gleich mit dem Namen outest, so kann ich dich beruhigen, wir sind weder Nachbarn, noch Vereins- oder Theaterfreunde. Ich lebe erst seit ein paar Monaten in der Stadt und meine Bekanntschaften halten sich noch in Grenzen. (bisher fast nur Arbeitskolleginnen/en!)

Du nennst meine Karte mutig und willst wissen, was sich hinter meiner Formulierung verbirgt? Zunächst dachte ich, man könne an diesem Baum Wünsche äußern, die man mit Geld nicht bezahlen kann. Und ich war der Meinung, das gilt auch für Erwachsene. Ich bin erwachsen, bin 39 Jahre und seit zehn Jahren verheiratet, will das aber nicht mehr lange bleiben. Ein Grund dafür ist auch, dass es schon seit längerer Zeit kein Sexleben mehr in unserer Ehe gibt und der Sex davor auch nicht gerade das Gelbe vom Ei war. Mein Wunsch ist deshalb, einmal Sex zu genießen, der mich als Frau wahrnimmt und sich auch mal nach meinen Vorlieben ausrichtet. Die Missionarsstellung habe ich zu Genüge in aller Kürze erleben können. Dieser bin ich inzwischen überdrüssig. In erster Linie erwarte ich also von einem Treffen, dass ich eine Rolle spiele! Ich muss nicht unbedingt immer im Mittelpunkt stehen, aber ich gebe mich auch nicht mehr nur als Statist für männlichen Testosteronüberschuss her. Also phantasievoll heißt, Bettdecke weg, Licht an auch außerhalb des Schlafzimmers und Hauptrolle für beide! Ist das zu viel verlangt?

Bin gespannt, ob ich weiter von dir höre?

Liebe Grüße Lisa, das Vanillekipferl

Donnerstag, 7.Dezember 2023, 20.48 Uhr
Liebe Lisa,

ein wenig Zeit zum Nachdenken musste ich mir schon nehmen. Mir gefällt auch die Vorstellung, dass du zumindest mal 24 Stunden im Glauben geblieben sein könntest: Der traut sich doch nicht!

Mir würde es gefallen, wenn du deine ‚Bettdecke-weg-Gedanken' näher ausführen würdest. Gilt dein Schlafzimmertabu nur für deine Wohnung oder dein Haus? Stehst du auf Outdoor, vielleicht sogar ein bisschen öffentlich? Bevorzugst du zärtliches Kuscheln oder träumst du von ‚Fifty Shades' oder willst du dich gar als Domina auszuleben?

Ein bisschen aus unserem erotischen Nähkästchen zu plaudern wäre doch ein sehr netter und anregender Einstieg für vielleicht anschließend etwas mehr, meinst du nicht?

Fairerweise sollst du natürlich auch von mir etwas erfahren. Ich bin 47 Jahre, bin geschieden und lebe auch in keiner Liaison. Du kannst gerne die Hände vors Gesicht schlagen, denn einen Latin-Lover hast du mit mir nicht aufgetan. Das ist mit blonden Haaren schwer hinzubekommen und mit einem Zentimeter unter eins-achtzig auch an Größe knapp verfehlt.

Jetzt ist es wohl an mir, gespannt zu sein, ob ich weiter von dir höre (lese!)?

Liebe Grüße
Daniel

Freitag, 8. Dezember 2023 18.26 Uhr

Lieber Daniel,

leider kann ich dich nicht auch 24 Stunden warten lassen, da ich gleich im Auto sitze und die Stadt für das Wochenende verlasse. Erklärung: Ich fahre zu meinem Mann, denn mein erster Wohnsitz ist noch bei ihm. Zu deiner Information: Es wird sicherlich eine der letzten Fahrten zu ihm sein. Abwicklung ist angesagt. Weihnachten feiere ich sicher ohne ihn.

Und um es gleich klarzustellen, es kommt durchaus auch auf die Verpackung an, die muss gepflegt sein! Nur: der Inhalt muss stimmen. Was hilft eine Latin-Lover-Verpackung, wenn sich nach dem Auspacken ein Ego-Lover herausstellt?

Deinen Vorschlag finde ich übrigens sehr aufregend. Kopfkinobilder-wie du es nennst- aufzuschreiben, ist eine geile Sache. Wenn ich dann von dir auch noch neue Filme eingespielt bekomme, könnte ein wilder Tanz daraus entstehen.

Hier ist mein erster Druck auf die Playtaste: Auch wenn mir die Dekadenz von „Fifty Shades of Grey" bewusst und auch zuwider ist, spielen die Techniken in meiner Phantasie durchaus eine erotisierende Rolle. Wenn wir uns auf eine vertrauensvolle Beziehung einlassen können, bin ich gerne der Part, der sich hingibt. Die Domina spielen törnt mich nicht unbedingt an. Eher liebe ich es, wenn Fesseln mich einschränken, dann spüre ich gerne auch mal eine festere Hand. Sklavin allerdings werde ich nicht sein. Dominant darfst du sein, aber ohne den nötigen Respekt

geht gar nichts! Du darfst gerne deine Lust genießen, aber ich bin nicht nur Beifahrer, sondern fordere meiner Lust auch gerecht zu werden. Dazu ist meine Vorstellung auch, mal frivol zusammen auszugehen. Traust du dich das?
Ich bin gespannt, ob ich von dir höre.
Dir ein schönes Wochenende.
Lisa

Sonntag, 10. Dezember 2023, 19.13 Uhr
Lieber Daniel,
keine Nachricht von dir? Was heißt das?
Gruß Lisa

Sonntag, 10. Dezember 2023, 19. 36 Uhr
Liebe Lisa,
das heißt, dass ich dir das Wochenende für andere Sachen freihalten wollte! Hoffentlich nicht mit allzu viel Ärger.
Deine Kopfkinobilder sprechen mich sehr an. Gerne sehe ich mich auf Augenhöhe mit Respekt und „fester Hand" an deiner Seite. Es ist sehr prickelnd, sich mit einer Unbekannten auf ein lustvolles erotisches Spiel einzulassen. Von meiner Seite aus, erfülle ich dir sehr gerne deinen Wunsch, den du am Wunschzettelbaum geäußert hast. Ob ich deinen Vorstellungen gerecht werde, wirst du entscheiden müssen. Von mir bekommst du das Verspre-

chen, wenn unser gemeinsames Spiel nicht deinen Vorstellungen entspricht, verschwinde ich aus deinem Leben, genauso schnell, wie du mich zu dir eingeladen hast.
Klar ist, du bestimmst den Takt, wie es weitergehen soll.
Schönen zweiten Adventabend
Daniel

Sonntag, 10. Dezember 2023, 20.18 Uhr
Lieber Daniel,
wollen wir uns in der kommenden Woche treffen? Was hältst du Mittwochabend 19 Uhr im Riverside?
LG Lisa

Sonntag, 10. Dezember 2023, 20.18 Uhr
Okay! LG Daniel

Sonntag, 10.Dezember 2023; 21.02 Uhr
Ich freue mich und habe für mich ganz privat auf die Kopfkino-Playtaste gedrückt!
Lisa
P.S.: Ich trage am Mittwoch meinen rot/schwarz karierten Mantel!

3.

Daniel:
Eine Augenweide betritt das ‚Riverside'. Ich muss erst einmal kräftig schlucken. Wie kann es sein, dass mir diese tolle Frau bisher noch nie aufgefallen ist? Auch wenn sie erst ein paar Monate in der Stadt wohnt, wie sie geschrieben hat, hätte man sich doch schon einmal über den Weg laufen können. Dieser Frau hätte ich ganz sicher einen anerkennenden Blick geschenkt. Ihr warmes Lächeln, ihre wachen Augen, ihr sympathisches Gesicht hätten mich nicht daran hindern können, auch ihrem Äußeren Aufmerksamkeit zu schenken. Sie ist genauso groß wie ich, hat ihre schulterlangen silbergraugesträhnten Haare zu einem Pferdeschwanz zusammengebunden und strahlt eine fast charismatische Präsenz aus. Bewundernde Blicke bekommt sie - nicht nur von mir.
Ihre Beine stecken in einer schwarzen enganliegenden Stoffhose und hohen schwarzen Lederstiefeln. Sie hat eine tolle Figur. Die weiblichen Rundungen um ihre Hüfte und ihr -in einem ebenso schwarzen Pullover versteckten- schöner Busen erfahren von ihrer schlanken Taille eine besondere Betonung. Ihren Mantel im rot-schwarzen Holzfällerhemd-Look, der ihr eine besonders eigenwillige Lässigkeit verleiht, trägt sie offen.
Ohne Scheu tritt sie auf mich zu, umarmt mich und drückt ihre kalte Wange an meine. Ein kurzes ‚Hallo'. Ich weiß nicht, was ich sagen soll. Wir setzen uns, schweigen und sehen uns an.

Die Bedienung kommt, nimmt unsere Bestellung auf.

Lisa:
Boah, sehr sympathisch, aber er scheint ziemlich perplex zu sein. Wen hat er denn erwartet? Eine graue Maus? Gut, dass die Bedienung so fix ist, so überspielt er geschäftstüchtig seine Nervosität. Das ist total süß. Mit der Getränkefrage versucht er mit mir ins Gespräch zu kommen.

Daniel:
„Also tut mir leid, wenn ich so anfange, aber ich muss dir zuerst einmal sagen, du siehst umwerfend aus!"
„Oh, danke!", sagt sie und lächelt mich an.
„Auch wenn ich dich jetzt zuerst auf deine ‚Verpackung' anspreche, was soll ich mit meinen Gedanken hinter dem Berg halten? Ich bin mir sicher, du weißt selbst ganz genau, welche Wirkung du bei anderen- vor allem bei Männern- auslöst." War das jetzt blöd von mir?

Lisa:
Ich glaube, das ist ein ehrliches Kompliment von ihm. Wie soll ich damit umgehen ohne dabei hochnäsig zu wirken?
„Das zu hören tut gut, zugegeben, aber glaube mir, ich lasse mich nicht auf mein Äußeres reduzieren. Meine Ansprüche sind höher und das nicht nur auf einem Gebiet!"

Daniel:

Sie zwinkert schelmisch mit den Augen.

„Das glaube ich dir! Lässt du mich wissen, welche Gebiete das sind?" Dass sie beim Sex Ansprüche hat, die über ein herkömmliches ‚Miteinanderschlafen' hinausgehen, konnte ich ja schwarz auf weiß lesen.

Resolut richtet sie ihren Oberkörper auf und sieht mir tief in die Augen.

Lisa:

Offensichtlich ist er nicht nur an Sex interessiert.

„Willst du wirklich mehr von mir wissen?"

Daniel:

Es ist ein sehr eigenartiges Gefühl. Eigentlich habe ich mich emotional auf eine kurze Sex-Affaire eingestellt. Nun sitzt sie vor mir und wirbelt alles in mir durcheinander.

„Klar, ich will wissen, wo du herkommst, was du arbeitest, was dich interessiert... eigentlich will ich alles von dir wissen."

Wieder lacht sie schelmisch. Zum Verlieben!

Lisa:

„Das kann dann aber ein langer Abend werden! Und du kommst dann aber auch nicht ungeschoren davon! Denn

ich begnüge mich dann auch nicht nur mit der Verpackung!"
Er ist wirklich süß!

Daniel:
„Dann wird es halt ein langer Abend. Und wenn schon?
Hast du noch etwas anderes vor heute Abend?"
Wieder sieht sie mich spitzbübisch an.
„Vielleicht!" sagt sie. Ich lache.

Lisa:
Eigentlich schon, aber das muss ich ihm ja nicht gleich auf
die Nase binden.

Lisa:
Schon mein drittes Bier. Mein Gott, was für ein Kerl! Vor
zehn Minuten hat er sogar meine Hand gedrückt. Ja, der
ist okay! Der hat das gewisse Etwas.
„Daniel, jetzt reden wir schon über eine Stunde. Wollen
wir wirklich noch lange um den heißen Brei rumreden?
Ich habe einen Wunsch geäußert, wir sind erwachsene
Leute, du gefällst mir, bist mir sehr sympathisch und ich
entspreche offensichtlich auch deinen Vorstellungen, was
soll dann das Rumsitzen hier?"

Daniel:

„Okay, du bist sehr direkt und hast dir sicher Gedanken gemacht. Wie gesagt, du gibst den Takt an, ich füge mich." Sie lacht.

Lisa:

„Dann lass uns austrinken! Und wenn du mich hier ein- lädst, lade ich dich anschließend zu mir ein!"

Daniel:

Ich lache: „Nennst du das: gerechtes Teilen?"
Unser Austrinken dauert dann doch noch fast eine Stunde. Es gibt halt doch noch etwas zu erzählen. Dann machen wir uns auf den Weg.

Lisa:

Er greift nach meiner Hand. Es fühlt sich gut an. Schwei- gend hängen wir für einige Augenblicke unseren eigenen Gedanken nach
‚Latin-Lover, nein, das ist er wirklich nicht. Aber sind denn nur Latin-Lovers gutaussehend? Er ist das beste Beispiel für den Gegenbeweis. Auch Blonde sind durchaus attrak- tiv. Sportlich scheint er gut unterwegs zu sein und aufs Hirn ist er auch nicht gefallen. Außerdem ist er total sym- pathisch. Also was soll `s.'

Daniel:

Zugegeben, so ein freizügiges Angebot öffentlich zu bekommen, ist verführerisch und hat schon einen Anstrich von profaner Affaire. Aber diese Frau? Hat sie nicht einfach nur einen ehrlichen Wunsch geäußert? Offen ohne das übliche Geplänkel, das man in Kontaktanzeigen oder Dating-Plattformen zu lesen bekommt?
Was für eine Frau? Diese Augen, dieses Lächeln? Selbstbewusst, schlagfertig und offensichtlich blitzgescheit. Sie ist einfach... . Jedenfalls keine Affaire!

4.

Daniel:

Sie hat eine geräumige geschmackvoll eingerichtete Wohnung im zweiten Stockwerk einer Wohnanlage. Ich stehe auf ihrem Balkon, von dem ich auf den vorbeifließenden Inn hinabsehen kann. Fasziniert bewundere ich am gegenüberliegenden Ufer die beleuchtete Silhouette der Altstadt. Lisa tritt von hinten ganz nahe an mich heran und drückt mir ein Glas Prosecco in die Hand. „Auf einen schönen gemeinsamen Abend, lieber Daniel!"
„Auf einen schönen gemeinsamen Abend!" Sie prostet mir zu. Die Gläser klirren aneinander. Ihre großen warmen Augen suchen meinen Blick. Wir trinken.
„Woran denkst du?" fragend sieht sie mich an.

„Was soll ich sagen? Ich komme hier her, um die Einladung wahrzunehmen, mit dir Sex zu haben. Aber…"

Lisa:
Er lächelt!
„Aber? Hast du plötzlich Skrupel mit mir Sex zu haben?"
Er schüttelt lachend den Kopf. „Nein, so meine ich das nicht. Natürlich reizt es mich, mit dir Sex zu haben. Nach dieser eigentlich vogelwilden Vorgeschichte wäre es ja… . Nein auch, wenn wir uns nur eine so kurze Zeit kennen, du bist …Ich habe einfach nicht nur Lust auf Sex mit dir!"
Die Härchen auf meinem Unterarm stellen sich auf und von irgendwoher breitet sich ein warmer Schauer in mir aus. Wie lieb ist das denn!
Die Sekunden des Schweigens sind wunderbar. Er sieht mir in die Augen
Ich schiebe seinen Arm mit dem Sektglas auf die Seite und küsse ihn auf die Wange.
„Hindert uns das daran jetzt trotzdem Sex zu haben?"
Er schüttelt den Kopf und zieht die Schultern hoch. „Eigentlich nicht! Aber nur Sex…?"
Wieder entsteht eine Pause. Ich fasse ihn am Arm, unsere Nasenspitzen berühren sich fast.
„Mein Herz klopft auch, Daniel, wäre es schlimm, wenn es nicht nur beim Sex bleiben würde?"
Stumm schüttelt er den Kopf und küsst mich auf meine kalten Lippen.
„Wollen wir uns trotzdem darauf einlassen?"

Er nickt.

„Na dann komm rein ins Warme! Hier draußen ist es mir um diese Jahreszeit einfach zu kalt!"

Daniel:

Wir gehen ins Warme. Sie schließt die Balkontüre, lässt aber weder die Rollos vor der Glasfront hinunter noch löscht sie das Licht. Ihr Glas stellt sie auf dem großen Tisch ab, schiebt einen Stuhl beiseite und beginnt, ihren Po gegen die Tischplatte gelehnt, die Kragenknöpfe ihres schwarzen Pullovers aufzuknöpfen. Scheinbar macht sie dies um mir zu zeigen, dass sie außer einem BH nichts mehr unter ihrem Pullover trägt, denn der Ausschnitt wäre groß genug, um daraus zu schlüpfen. Langsam legt sie -den Stoff mit beiden Händen nach oben ziehend- ihren Bauchnabel frei. Schiebt den Pullover über ihre im transparentweißen Spitzen BH eingepackten vollen Brüste und anschließend über ihren Kopf. Sie schüttelt kurz den Kopf, um ihren Pferdeschwanz wieder in Form zu bringen und lässt den Pullover auf den Tisch gleiten. Sie sieht mich einladend fragend an.

Lisa:

Er sieht von oben nach unten an mir herunter.

„Wenn das keine sündige Verführung ist?"

Ich grinse. Irgendwie müssen wir das melancholische Eis jetzt aber brechen. „Du scheinst nicht viel von adventlicher Fastenzeit zu halten, ha?"

„Wer will schon Nein sagen, wenn ihm so ein opulentes Mahl offeriert wird?", antwortet er lachend.

Was für ein Return! Er scheint meinen Aufschlag verstanden zu haben.

„Oh, vielen Dank für das Kompliment! Wie hätten Sie es denn gerne?"

„Vor der Ernte sollte man köstliche Früchte wohl entblättern, oder nicht?"

Er tritt nahe an mich heran, legt seine Arme um mich und öffnet mir auf dem Rücken den BH.

„Die im Winter geernteten Früchte sollen, so sagt man, die besten sein!"

Jetzt muss ich lachen.

Daniel:

Ihren BH lege ich zu ihrem Pullover, drücke sie ein wenig von mir und betrachte ihre prallen Brüste. Meine Hände streicheln sanft über die erregten verführerischen Hügel und gleiten an ihren Seiten von den Achseln hinunter bis zum Bund ihrer Hose. Sie greift nach ihrem Prosecco. Noch einmal klingen die Gläser. Sie beginnt die Knöpfe meines Hemdes zu öffnen, schiebt es mir über die Schulter und zieht auch das T-Shirt über meinen Kopf. Dann drängt sie ihren Oberkörper gegen meinen und reibt ihre harten Nippel an meiner Brust. Sie sieht mir fast fordernd in die Augen, spielt mit ihrer Zunge an meinen Lippen und sagt unvermittelt:

„Jetzt mach mich scharf! Zeig mir, wie geil es sein kann mit dir!"

Lisa:

War ich zu forsch? Für einen Augenblick stockt mein Atem. Hoffentlich habe ich nichts kaputt gemacht.

„Zieh dich aus!", fordert er mich auf. Mir fällt ein Stein vom Herz. Er lässt sich ein auf mein Spiel.

Ich folge, ziehe zuerst meine Stiefel aus, dann meine Socken. Langsam schiebe ich die Hose über meine Beine nach unten. Er folgt jeder meiner Bewegungen. Da ist keine geifernde Lüsternheit in seinem Blick. Natürlich vermute ich seine Augen auf meinen schaukelnden Brüsten. Als ich nach oben zu ihm blicke, sehe ich aber eher anerkennende Bewunderung in seinen Augen als Ungezügeltheit. Er tritt auf mich zu.

Daniel:

Wunderschön -ihr prächtig fester Busen-, wenn sie sich nach vorne bückt. Ein Zungenschlag für ihre wohlgeformten Hüften und ihren festen runden Po, den sie so elegant aus dem Hosenbund schält. Was für ein erwartungsfroher Hingucker dieses kleine transparente Stückchen Stoff ihres Tangas, hinter dem sich offenbar eine ungeduldige Frucht versteckt.

Ich nehme sie in den Arm, drücke sie gegen mich und gleite mit meinen Händen ihren Rücken hinunter auf ihre kühlen wohlgeformten Pobacken.

„Du bestimmst den Takt! Das war der Deal, oder? Und auch wenn das hier dein Terrain ist, und ich lediglich Gast bin, den Taktstock nehme ich gerne, wenn du willst, oder?" Sie nickt. Sie will!

Lisa:

Was für eine Ansage! Ich versuche mich aus seinen Armen zu befreien. Er lässt es nicht zu. Mit einem kräftigen Ruck dreht er mich um hundertachtzig Grad und packt mich fest an den Schultern. Er schiebt mich neben die Balkon-türe. Ein energischer Druck mit der flachen Hand zwischen meine Schulterblätter drückt mich gegen die kalte Wand und bricht den abwehrenden Widerstand meiner ausgetreckten Arme. Meine Hände drücken flach gegen das Mauerwerk. Kalt und rau spüre ich den Verputz auf meinem Busen, dann auf meinem Bauch. Meine Nippel wehren sich schlagartig und steinhart gegen das kurze Rutschen über die körnige Kälte der Wand. Den Kopf zur Seite gedreht presst sich auch meine linke Backe gegen die weiße unsanfte Barriere. Was für ein Gefühl! Wellen von Gänsehaut durchfluten mich von oben nach unten und umgekehrt.

Mit einer Hand drückt er mich nun am Rücken gegen die kalte Wand, mit der anderen zieht er mir den Tanga über den Po bis er sich von allein den Weg nach unten zu meinen Knöcheln bahnt.

„Steig raus und spreiz die Beine!", sein Ton ist klar und deutlich. Ein geiler Schauer lässt meine Knie zittern.

Daniel:

Sie gehorcht ohne zu zögern. Sie spielt mit. Es scheint ihr zu gefallen. Ich drücke ihren Unterleib gegen die Mauer. Sie stöhnt leicht auf. Meine Hand streichelt die Innenseite ihrer Schenkel. Ihre Knie zittern leicht. Meine Fingerspitzen erkunden die Haut ihrer Hüften, machen sich auf den Weg hinauf zu ihren Achseln. Als ich ihre Arme streichle drücke ich meinen nackten Oberkörper gegen sie und beginne sie im Nacken zu küssen. Sie gurrt.

„Bleib so!" flüstere ich. Einen Schritt zurücktretend drücke ich ihr eine Hand tief unten in ihren Rücken und entledige mich mit der anderen Hand den Rest meiner Kleider. Ich betrachte sie dabei. Was für ein prächtiges Bild.

Lisa:

Mit dem Druck seiner Hand presst er nun auch meine nackte Venuserhebung gegen die kalte Mauer. Mich flutet ein unbekannt geiles Gefühl. Es ist nur die Hand, die meinen Körper gegen diese kalte weiße Mauer drückt. Ein Ausgeliefertsein, dem ich mich -wollte ich nur- sofort entziehen könnte. Aber warum sollte ich diesem Moment

entfliehen, wo sich Wärme in mir der kalten Wand wider-
setzt, erwartungsvolle Geilheit in mir breit macht und
meine Nektarquelle einer heißen Therme gleich zu sprudeln beginnt.

Ich spüre seine Lippen in meinem Nacken, seine Hände
auf meiner Haut und sein hartes Glied sich in meine
Pofalte betten. Warm drängt sich seine Brust gegen meinen Rücken. Seine Hände wandern, verlassen die Ränder
meines Körpers, suchen die Mitte. Sein Körper nimmt Ab-
stand, seine Hände streicheln über meinen Po. Verweilen
dort für Momente, beginnen meine Pobacken zu kneten.
Dann unvermittelt ein Schlag. Seine flache Hand klatscht
brennend auf meine Pobacke. Mir entfährt ein kurzer
Schrei. Er zögert einen kurzen Moment. „Schlag!" sag ich,
„schlag!" Dann klatscht seine Hand auf die andere Pobacke. Wieder ist es ein süßer brennender Schmerz. Ich
laufe aus.

Daniel:
Sie stöhnt genüsslich, fast bittend. Ich küsse sie den Rücken hinab. Meine Hand gleitet über ihre Pobacken und
erforscht die Innenseite ihrer Oberschenkel. Ein Tropfen
zerplatzt auf meinem Handrücken. Ich nähere mich ihrer
Liebesfurche und tauche mit meinen Fingern in eine Flut
der Lust. Ihr Stöhnen ist unüberhörbar lustvoll.

Lisa:

Seine Finger an der Pforte meiner Höhle! Komm dring ein in mich! Hör nicht auf, nimm mich, schieb mich weiter über diese stürmisch geilen Wogen. Komm, gib mir deinen Schwanz, lass mich aufbäumen, schick mir die Riesenwelle und lass mich überschwappen. Nimm mir die Sinne und lass mich in Hemmungslosigkeit ertrinken!

Daniel:

Soll ich mich zügeln? Sie tropft vor Lust, ergibt sich -an die Wand gedrückt- willenlos meiner Herrschaft. Lisa, was für eine Frau! Lass mich dich einfach übermannen!
Mein zum Bersten angespannter Speer sucht unter ihrer Pofalte den Weg zu ihrer überfluteten Pforte. Ungeduldig wimmert sie ein „Jaah!" über ihre Lippen. Sie rutscht mit dem Oberkörper ein wenig die Wand hinunter und drückt ihren Po meinen Lenden entgegen. Ergeben widerstandslos nimmt sie mich in sich auf und legt ihre tropfenden Labien gleich einem goldenen Vlies um mein prall erregtes Glied.

Lisa:

Er ist in mir, füllt mich aus, treibt mich der schäumenden Welle ungeahnter Lust entgegen. Allein dieser Zauberstab drückt mich mit voller Kraft wieder gegen die harte Wand. Er beginnt langsam zu stoßen. Selbst meine Perle spürt den Druck von beiden Seiten. Rau von der Wand, hart von seiner Eichel. Süßer Schmerz und geile Wonne, ende nicht du schöne Qual. Treibe mich weiter, ich sprenge die Barrieren, komm stoß, hör nicht auf. Stoß! Stoß! „Jaaah! Ich platze! Jaaaah!" Ich spüre seinen Hammer, jeder Stoß hebt mich auf den Zenit dieser schäumenden Woge. „Komm! Noch einmal, komm, stoß zu, Jaaah! Stoß!" Ich hebe ab! „Stoß! Jaaah!" Wahnsinn! Ich fliege, ich falle, ich stürze in Schwerelosigkeit.

Daniel:
Wie ein Stein löst sie sich von der Wand. Sie fällt! Ich umschließe sie mit meinen Armen. Ohne mich aus ihr zurückzuziehen, sacke ich mit ihr auf die Couchlehne. Für einen Moment lässt meine bis zum Bersten gespannte Lüsternheit nach, um sich mit dem Griff nach ihren prallen Brüsten eines Besseren besinnend wieder in aller Mächtigkeit in ihr auszubreiten.
Unfähig mit ihr auf dem Schoß mich weiter in ihr zu bewegen, ergebe ich mich ihrer keuchenden Mattheit, mit der sie sich für viele Momente meines ganzen Körpers bemächtigt. Sie wendet mir ihr Gesicht zu. Sie lächelt, zuckt mit den Schultern, als täte ihr der gerade erlebte Trip leid. Ihr Blick -verliebt?

Lisa:
Mein Wellenritt war grenzenlos. Noch spüre ich ihn mächtig in mir. Oh Daniel, nimm mich immer wieder mit

auf diese Reise! Wie auf einem samtenen Blumenteppich lasse ich orgastische Wellen über mich schwappen und sie nach und nach verebben. Langsam kommen meine Sinne wieder zu sich. Ich habe dich vergessen. Ich drehe mich lächelnd zu ihm um.

„Jetzt habe ich dich im Griff, stimmt`s?" Er lächelt zustimmend gequält. Und doch spüre ich seine zärtlichen Hände auf meinen Brüsten, seine Lippen in meinem Nacken und sein hartes Glied in meiner Möse. Lass mich nur für Augenblicke noch genießen!

Mit meiner wiederkehrenden Kraft schubse ich ihn rücklings auf die Couch. Er flutscht aus mir heraus. Ich drehe mich zu ihm um und betrachte seinen hoch aufgerichteten Zauberstab, der nektarglänzend in Richtung seines Gesichtes zeigt.

Ich lass mich auf den Boden seitlich neben der Couch gleiten und nehme seinen unbefriedigten Lustspieß in meine Hand. Er verdreht die Augen und stöhnt auf.

Daniel:

Wie sollte ich Widerstand leisten gegen dieses Bild der Verführung. Gerötet ihr Gesicht, einladend erigiert ihre harten Nippel auf ihren prächtigen Brüsten, ein elegant geschwungener Rücken, ein knackiger Hintern, der auf den festen Waden ihrer Unterschenkel sitzt und eine Hand, die gekonnt weiß, wie sie meine pralle Rute zum Bersten bringt. Längst haben meine Lenden den Turm der

Erregung wieder in Wallung gebracht. Die Zärtlichkeit ihrer Hände lässt mich den anbahnenden Geilheitssturm nicht mehr verhindern.

Ich platze. Wohlige Wärme und unbeherrschtes Zucken überwältigen meinen Körper, während sie mit staunenden Augen mich meiner Hemmungslosigkeit hingeben lässt.

Lisa:
Es fühlt sich gut in seinen Armen an. Einfach nur daliegen, nackt, befriedigt, warm aneinander gekuschelt. Zärtlich seine Hände, liebevoll seine Küsse, beruhigend sein Atem. Verweile Augenblick!

Daniel:
Ihr Lächeln, ich liebe es. Ihre Stimme, einfach wunderbar. Ihre Hände, zärtlich. Ihre Haut, einladend warm. Lisa!

Lisa:
„Woran denkst du, Daniel?"
Oh, sein Blick ist ein einziges Fragezeichen!
„Ja Daniel! Es ist mehr möglich als nur Sex!"
Seine Augen leuchten. Ich küsse ihn.
„Es ist ein wirklich wunderbarer weihnachtlicher Wunschzettelbaum, den ihr da auf eurem Weihnachtsmarkt habt!"

5.

Sonntag, 17. Dezember 19.45 Uhr
Lieber Daniel,
danke für den lustigen Tag mit dir und vor allem für die wunderbare Nacht. Alles, was ich über die ‚Missionarsstellung‘ einmal geschrieben habe nehme ich reumütig zurück. Gerne verliere ich mich in deinen Zärtlichkeiten und lasse es zu, wenn ich ergeben -die Beine weit gespreizt- dich über mir spüre und mich ungezügelt meiner Lust überlassen darf. Allein der Gedanke dich in mir zu haben, wirbelt meine Gedanken und Gefühle durcheinander und lässt mich voller Ungeduld von hemmungslosen Nächten mit dir träumen.
Es fällt mir schwer, mich auf den morgigen Tag zu konzentrieren.
Lisa
P.S.: Was hältst du davon, wenn wir unsere Weihnachtsgeschenke Wunschzettel sind? Wunschzettel, in denen wir wieder auf die Playtaste unseres Kopfkinos drücken? Gerne würde ich mich auch mal revanchieren und dich in ein orgastisches Nirwana schicken wollen

Sonntag, 17.Dezember, 20.21 Uhr
Liebe Lisa,
gute Idee, keine Weihnachtsgeschenke, Wunschzettel und das große Versprechen, die auch zu erfüllen! Bist du wirklich der Meinung, ich hätte mit dir bisher noch nicht an das ‚orgastische Nirwana‘ angeklopft?

Das wird ein wunderbarer Heiliger Abend! Du bist einfach zauberhaft!
Daniel

6.

Sonntag 24.Dezember 19,30 Uhr

Lisa:
Doch ein kleines Päckchen! Hab ich `s doch gewusst! Und ein Kuvert!
Liebe Lisa,
ich wünsche mir, einmal mit dir auszugehen. Du trägst das ‚kleine Etwas', das du in diesem Päckchen findest. Passend dazu High Heels oder hohe Sandaletten. Sonst nichts! Gerne darf man sehen, dass du darunter nackt bist. Der freie Rücken und der tiefe Ausschnitt dürfen jedem in seiner Phantasie freien Lauf lassen und die offenen Applikationen an der Seite des Kleides sollen alle Augen vergeblich nach Gummibändchen oder Tangaschnürchen suchen lassen. Ich möchte einen Abend mit dir kokettieren, möchte dich den lüsternen Blicken von Frauen und Männern aussetzen, als tanzten wir auf einem roten Teppich eines Festivals. Du sollst selbst das Kribbeln spüren, Kribbeln, weil du begehrt wirst, Kribbeln, weil du dir die Lüsternheit deiner Bewunderer, ob Frau oder Mann, ausmalst, dich an ihrer Geilheit ergötzt. Einen ganzen Abend möchte ich dich ein erotisches Spiel spielen sehen,

wohl wissend, dass du dich an meiner Seite sicher fühlst und mich auch wissen lässt, wie scharf du bist und mit welcher Lust du dich mir gerne jederzeit hingeben würdest.

Ich würde mich irgendwann mit dir auf den Heimweg machen wollen. Wir würden nicht warten, bis wir zuhause angekommen sind. Wir würden einen Hauseingang finden, eine Kellertreppe, eine Garage oder einen kleinen Schuppen, in dem du meine Hose öffnen, dein Kleid hochschieben, mir deinen Po präsentieren und meiner harten Rute den Weg in deine überquellende Lusthöhle weisen würdest. Jedes Vorbeilaufen anderer Leute würde uns Einhalt gebieten, die Spannung und die Erregung erhöhen und uns nach Augenblicken des Stillhaltens in weit erregtere Sphären abdriften lassen. Du gibst dich schamlos hin, ich ergebe mich -dich nehmend- meiner Lust und entlasse dich zuhause angekommen auch jetzt noch nicht deiner Hemmungslosigkeit. Nackt möchte ich mich von dir durch die Nacht treiben lassen, immer wieder angefeuert von den Verführungen deines scharfzüngigen Witzes und deiner unwiderstehlichen körperlichen Pracht.

Frohe Weihnachten, liebe Lisa, gerne möchte ich mit dir durch das kommende Jahr segeln und dir im nächsten Jahr einen neuen Wunschzettel schreiben.

Daniel:
Ein wattiertes Kuvert! Sie hat also auch ein kleines Päckchen gepackt. Welch ein Schelm!

Oh! Ich hätte es mir denken können, ein paar Handschellen!

Lieber Weihnachtsmann,
‚Fifty Shades' waren in einer unserer ersten Mails Thema. Bisher haben wir uns aber darum nicht weiter gekümmert. Wieso sollten wir auch. Der Trip mit dir in den letzten zwei Wochen war so erotisch, so geil, so lustvoll, dass es gar nicht nötig war, uns darauf näher einzulassen. Ich fühle mich sehr wohl bei dir. Du lässt mich spüren, dass ich Frau sein darf, mit meinem Ehrgeiz im Alltag und meiner Lust in den Nächten. Trotzdem kribbelt es in mir, wenn ich dem Gedanken ‚Fifty Shades' nachhänge. Ich möchte es gerne einmal mit dir ausprobieren.
Fessle mich! Nimm mich, wehrlos, am Balkongeländer, am Fensterkreuz oder auf dem Küchentisch.
In meinen Gedanken sehe ich mich nackt vor dir stehen. Ich genieße deine Blicke auf meinen einladenden Busen. Ihre kleinen braunen harten Haselnüsse verraten dir meine erwartungsvolle Lust. Hemmungslos gewähre ich dir den freien Blick zwischen meine Schenkel, helfe gerne mit einem kleinen Seitenschritt nach, um dir meine zügellose Ungeduld zu präsentieren. Ich weiß, dass dich meine Hüften erregen und du dich gerne meinem prallen Hintern widmest. Von deinen kräftigen Armen will ich mich von dir umdrehen lassen, knetest meine muskulösen Pobacken kneten lassen und dich dazu animieren, ihnen mit

ein paar kräftigen Schlägen eine rosarote Farbe zu verleihen und mir eine warme wohlige Welle durch meinen Körper zu jagen zu lassen.

Mit einem kräftigen Griff möchte ich mich von dir auf den Tisch setzen und mit sanfter Gewalt rücklings auf die Tischplatte drücken lassen. Ich stelle mir vor, welchen Blick ich dir nun biete, während du meine Arme und Beine an den Tischenden fixierst. Die Nippel meiner Brüste stehen wie Leuchttürme erregt in die Höhe und mein Lustpfirsich glänzt dir einladend entgegen. Gerne darfst du mir mit einem Gürtel um die Hüfte mir die totale Wehrlosigkeit zumuten. Ich will deine zwirbelnden Finger an meinen Brustwarzen spüren, deine knetenden Hände an meinen prallen Bällen. Ich möchte deinen Lippen auf der Wanderschaft über meine Haut folgen und endlich den Trommelschlag deiner Zunge auf meiner Lustbeere zählen. Bereit meine Besinnung aufzugeben, erwarte ich dein Eintauchen in meine safttriefende Passionsfrucht. Komm mit deinen Lippen, deiner Zunge. Schenke mir erregenden Schmerz mit kleinen Bissen deiner Zähne in mein williges Fruchtfleisch und taste gerne mit deinen Fingern in die verborgenen Winkel meiner Lusthöhle. Würdevoll will ich mich dir hingeben, durchhalten mit erwartungsfroher Geilheit bis du ungezügelt und von meiner Hingabe verführt in einem orgastischen Höhenrausch mit deiner wunderbaren steifen Rute meine gierige Lustspalte eroberst und nicht aufhörst mich auszufüllen, bis wir nahezu von Sinnen die geilsten Wogen über uns zusammenschlagen spüren.

Lieber Weihnachtsmann, ich freue mich sehr auf unsere gemeinsame Reise durchs Leben mit viel Vertrauen, wertschätzendem Respekt, grenzenloser Liebe und einer Riesenportion phantasievollen Sex!
Daniel, ich liebe dich!

Laue Nacht

Noch nie war es an Heiligabend
so warm. Mit 20,7 Grad wurde
in München am 24. Dezember
die höchste Temperatur seit Bestehen
der Wetteraufzeichnungen gemessen.
Wetter, 24.12.2012

Was für eine Nacht! Heute Nachmittag hatte ich ein kurz-
ärmliches T-Shirt an, als ich im Garten saß und meinen
Kaffee trank. Nun bin ich unterwegs und habe auch nur
meine leichte Jeansjacke übergezogen.

Eigentlich sollten alle Menschen nun zuhause in der warmen Stube sein, die Kerzen am Baum angezündet haben,
„Leise rieselt der Schnee" singen und bei Bescherung und
feinem Essen die Geburt dieses Kindes feiern.
Ich erinnere mich, vor zwei Jahren war es so: Es war kalt,
kleine Schneeflocken schwebten vom Himmel, auf den
Straßen war es ruhig und durch die beleuchteten Fenster-
scheiben konnte ich am seligen Treiben fremder Leute
den Heiligabend-Traditionen teilnehmen.

Heute ist es eher laut auf den schmalen Straßen. Fast
überall sind noch immer die Fenster zumindest einen
Spalt weit geöffnet und „Ihr Kinderlein kommet", „O Du
Fröhliche" und sogar „Leise rieselt der Schnee" kringeln
sich melodiös durch die laue Nachtluft. Ich kann mir ein
leichtes Grinsen nicht verkneifen.

Schon einige Jahre gehört der nächtliche Spaziergang zu meinem Heilig-Abend-Ritual. Seit meiner Trennung finden die Weihnachtsfeierlichkeiten mit meinen Kindern nicht mehr am 24.12. statt. Lediglich der Kartoffelsalat und die geräucherten Wienerwürstchen haben den Tabubruch überlebt. Anschließend haben sich nun das Versinken in ein gutes Buch und eben dieser nächtliche Spaziergang sich meinem Heiligen Abend bemächtigt. Und es bereitet auch besonderes Vergnügen gerade in dieser Nacht sich auf der Straße rumzutreiben, mir scheint nämlich, dass es vielen Menschen durchaus Freude bereitet, an Weihnachten einen Blick in ihre sonst abgeschotteten Stuben zu gestatten. Auffällig oft sind an diesem Abend die Vorhänge nicht zugezogen, die Rollos nicht heruntergelassen und die Fensterläden nicht geschlossen. Fast wirkt es wie eine Einladung an einen einsamen Wolf wie mich, an den festlichen Zeremonien hinter den Scheiben wenigstens mit kurzen visuellen Schnappschüssen teilzunehmen.

Heute ist diese visuelle Szenerie sogar vertont.

Wen wundert es da, dass ich verharre, als sich dem melodiösen Klang Laute beimischen, die diesem „Tag der Liebe" erst auf den zweiten Blick zuzuordnen sind. Ich bin gerade in einen kleinen Fußweg zwischen den Gärten eingebogen, als ein kurzer spitzer Schrei die vordergründige Melodie von „Kommet ihr Hirten" übertönt.

Ich gehe ein paar Schritte zwischen den beiden Thuja-Wänden weiter. Ein kleiner Spalt in der Hecke erlaubt mir einen Blick in ein festlich beleuchtetes Weihnachtszimmer. Ein kerzenbeleuchteter Baum, ein paar nicht ausgepackte Geschenke und ein splitternacktes Pärchen, dass sich neben einem Sessel stehend sichtlich erregt vergnügt.

Sie, eine schlanke gutaussehende Mitdreißigerin lediglich mit weißen High Heels bekleidet, lässt sich, breitbeinig, nach vorne übergebeugt und mit den Händen an der Sessellehne abstützend von ihrem mit einem üppigen Bierbauch ausgestatteten Partner hemmungslos von hinten beglücken. Was für ein Anblick. Auch wenn mir mein Taktgefühl für einen kurzen Augenblick das Stehenbleiben verbieten will, der Anblick des rhythmischen Hin-und-Herschwingens ihrer durchaus imposanten Brüste und der bereitwillig rausgesteckte Hintern der attraktiven Nackten zaubert mir dann doch ein erotisches Grinsen auf meine Lippen. Ich kann nicht verhehlen, dass ein Anflug von Geilheit sich meiner bemächtigt und ich nicht gewillt bin, meiner voyeuristischen Neigung diese Szenerie zu verweigern. Mich in einem sicheren Versteck wähnend, bin ich geneigt, das Treiben der beiden bis zum Ende zu begleiten. Die eindeutigen Laute und die anfeuernden Gesten der nackten Schönheit beschreiben eindrucksvoll das sichtliche Vergnügen, das der Lustspeer ihres Partners ihrer Wonnegrotte bereitet. Sein hochroter Kopf verrät jedoch, dass dieses Vergnügen wohl nicht von längerer Dauer sein wird.

Eine Hand legt sich auf meine Schulter. „Das nenne ich ja wohl mal einen echten Spanner!"

Erschrocken drehe ich mich um. Vera, zwei Häuser weiter aus meiner Straße, Mitte Vierzig vielleicht, steht fast hautnah hinter mir und grinst. In meiner Faszination für das Bild des weiterhin heftig vögelnden Paares habe ich nicht bemerkt, wie sie sich so nahe an mich herangeschlichen hat.

„Schämst du dich denn nicht?" Immer noch grinsend sieht sie zuerst mich an und dann auf das hemmungslose Bild hinter den gläsernen Terrassenscheiben.

„Dir scheint es ja auch zu gefallen, wenn ich das richtig sehe!", gebe ich ihr flüsternd zurück, als ich mich vom ersten Schrecken erholt habe. Sie grinst immer noch, hat ihre Hand wieder auf meine Schulter gelegt und beugt sich etwas nach vorne, um einen besseren Blick auf die Wohnzimmerszenerie zu haben.

Die Zauberflöte unter dem Bierbauch scheint zum Finale geblasen zu haben und hämmert wild in die Möse der lustjammernden Vorgebeugten. Mit beiden Händen an ihren prallen Hüften zieht er sie mit heftigen Bewegungen immer wieder unter seine Bauchkugel und jagt seinen offensichtlich mächtigen und prallen Speer tief in sie hinein. Ihre beiden Möpse bimmeln dabei im Takt jeden Stoßes, den sie von ihm offensichtlich hoch vergnügt entgegennimmt, wild nach allen Seiten.

„Ja, komm!", entfährt es meiner Nachbarin neben mir.

„Na also!", flüstert sie, als der wilde Stecher seinen wirklich mächtigen Schwanz aus der Lusthöhle seiner heftig schnaufenden Partnerin zieht und sich erschöpft auf den Sessel fallen lässt. Sie steht nun breitbeinig, aber aufgerichtet vor der Glasscheibe, als wolle sie uns beiden sehr bewusst ihre befriedigte Möse und ihren wohlgeformten straffen Busen präsentieren, auf dem sich zwei harte Brustwarzen erregt in den Vordergrund drängen. Das indirekte Bodenlicht unmittelbar hinter den Scheiben lässt uns an jedem Detail dieses sehr ansehnlichen Körpers teilhaben und verdeckt auch nicht ihren sinnlichen Blick, als sie von ihrem Partner missachtet noch eine Weile mit den Fingern lustvoll an ihrer Möse spielt.

Vera sieht mich wieder grinsend an. „Und du schämst dich wirklich nicht, den beiden da so ungeniert zuzusehen?"

Ich grinse auch. „Wieso sollte ich? Wenn sie unbeobachtet bleiben wollen, sollten sie halt einfach die Rollos herunterlassen oder in ein anderes Zimmer gehen."

„Da hast du recht!"

„Ganz offensichtlich schämst du dich ja auch nicht, den beiden zugesehen zu haben. Hast sie ja regelrecht angefeuert."

Sie kichert! „Nein, ich schäme mich nicht! Und ich glaube auch, dass die beiden, es durchaus genießen, zumindest zu glauben, sie könnten bei ihrem Fick beobachtet werden."

„So, wie kommst du zu diesem Schluss?"

Die beiden im Wohnzimmer habe sich aus unserem Sichtfeld verzogen. Wir gehen langsam nebeneinander den Weg zwischen den Thuja-Hecken weiter. Sie lacht wieder.

„Weißt du, ich bin nicht zufällig hier!"

„Wie bitte?"

„Ich habe die beiden schon vor Monaten entdeckt."

Ich muss lachen. Sie hackt sich bei mir unter.

„Ja, ich beobachte sie schon eine ganze Weile. Im Sommer haben sie es sogar draußen auf der Terrasse getrieben. Vielleicht haben sie mich damals sogar bemerkt."

„Aha! Und weiter?"

„Naja, seitdem gehe ich fast täglich meine Runde und so ein bis zweimal die Woche nehme ich an ihrem Vergnügen wenigstens visuell teil."

„Pornofilm live und kostenlos oder wie?"

„Das kann man wohl so sagen!"

„Und hast du schon mal einen Annäherungsversuch gemacht?"

„Nein, wo denkst du hin?"

„Also immer nur zusehen? Und was dann?"

„Na, jetzt tu mal nicht so, als würde so eine Szene spurlos an dir vorbei gehen. Du hast mich ja noch nicht einmal bemerkt, als ich mich an dich rangeschlichen habe."

„Das habe ich ja auch gar nicht gesagt. Ich bin nur neugierig und will wissen, was du mit diesen Bildern im Kopf anstellst?"

„Und was glaubst du?! Klar gehe ich nachhause und manchmal mach ich es mir dann selbst! Oder hast du eine andere Idee?"

„Naja, du könntest ja mal läuten bei den beiden, dich als zuschauender Voyeur outen und fragen, ob du dich ab und zu beteiligen darfst?"

Sie lacht hell auf.

„Könnte ich, stimmt! Aber ganz ehrlich, dem seine Bierkugel macht mich jetzt nicht so richtig an. Sein Schwanz schon eher. Aber so wie der sich bei seiner Hübschen schon abquält, ist er sicher mit zwei geilen Frauen total überfordert."

Ich muss lachen. „Wahrscheinlich hast du recht!"

„Hallo, merkst du, welche Reden wir schwingen? Heute am Heiligen Abend?"

Ich bleibe stehen und sehe sie an. „Stimmt! Jahrelang nur Gartenratschläge und zugeknöpfter Schneeschieberplausch und dann gleich von Null auf Hundert?"

„Naja, war ja gerade auch eine Steilvorlage. Aber ich hätte nicht gedacht, dass man mit dir so offen über Sex reden kann."

„Was hast du erwartet? Dass ich mich mit hochrotem Kopf davonschleiche, bloß weil meine Nachbarin festgestellt hat, dass ich gerne zuschaue, wenn es zwei treiben?"

„Jetzt sag aber bloß, dass es normal ist, dass wir so miteinander reden."

„Nein, das ist es ganz bestimmt nicht. Über Sex spricht man nicht. Der wird ganz brav zuhause im Schlafzimmer eingesperrt!"

Sie lacht.

„Und lässt du dich aus deinem Schlafzimmer rauslocken?"

„Wie soll ich denn das verstehen?"

„Jetzt stell dich doch nicht so. Wir haben den beiden gerade bei einem scharfen Fick zugesehen. Gehen wir jetzt nachhause und treiben es alleine unter der Bettdecke oder kannst du dir vorstellen, mich zu vernaschen? Wenn du es genau wissen willst, ich habe unter meinem Kleid und der Jacke nichts Weiteres an. Und bei den Temperaturen sollte es sogar hier in den Hecken kein allzu großes Problem sein."

Ich lache wieder.

„Na, so nötig, dass ich dich hier in hinter einer Thuja-Hecke abspeise, habe ich es wirklich nicht!"

„Das heißt?"

„Das heißt, ich ziehe ein gediegenes Ambiente vor. So schnell mal ein Quickie auf der Straße ist nicht mein Ding. Noch dazu mit meiner Nachbarin, von der ich weiß, dass ihr Haus genauso einladend ist wie mein eigenes."

Sie lacht und hackt sich wieder bei mir unter.

„Gut, dann gehen wir in mein ‚gediegenes Ambiente'! Das ist eine ganz offizielle unmoralische Einladung für diesen Heiligen Abend."

„Hemmungen hast du keine, was?"

„Doch, die habe ich schon, aber wenn man jemanden so erwischt, wie ich dich gerade erwischt habe, dann gehe ich doch davon aus, dass wir auf ein und derselben Wellenlänge schwimmen. Was haben dann Hemmungen für einen Sinn? Du bist ein attraktiver Mann und hast nicht schlecht reagiert, als ich dir den Spanner vorgehalten habe."

„Du meinst, da können wir auch schnell zur Sache kommen?"

In unserer Straße angekommen bleiben wir stehen.

„Richtig! Also was ist jetzt? Einladung angenommen oder nicht? Nach unserem gemeinsamen Beobachtungserlebnis biete ich dir ein „gediegenes Ambiente". Vorausgesetzt du hast Lust dazu!"

Um ihrem Angebot Nachdruck zu verleihen, zieht sie ihr Kleid an der Seite bis an die Hüfte hinauf hoch und präsentiert mir bildlich ihre Nacktheit unter ihrem Kleid.

„Du scheinst offensichtlich Lust zu haben?"

„Ja, ich habe dazu Lust! Sehr sogar! Ich bin losgezogen, in der Hoffnung einen geilen Fick zu sehen. Einfach weil ich spitz war! Wenn sich das jetzt in einer anderen Weise ausleben lässt, als sonst, habe ich überhaupt nichts dagegen!"

Ich schüttle lachend meinen Kopf. „Und was dann?"

„Nichts und was dann! Mensch mach kein Drama draus! Wir sind beide allein und sind auch keine kleinen Kinder mehr. Dann lass uns Spaß haben zusammen."

„Na gut! Warum nicht? " sage ich. Sie hackt sich bei mir unter und wir gehen zügig die Straße hinunter.

Ihre Wohnung ist gemütlich. Ein kleiner süß geschmückter Christbaum ist wohl der Nachweis für das von mir beschriebene ,angemessene Ambiente'.

Als sie mir einen Platz angeboten hatte, war sie mit einem „Ich bin gleich wieder bei dir!" in einem anderen Zimmer verschwunden.

Nun steht sie in der Türe. Sie trägt silberne Riemensandalen mit Absätzen und ein hauchdünnes weißes Spitzen-Negligé, das, weil sie es nicht geschlossen hat, eher zwei

Flügeln gleicht. Unverdeckt serviert sie -zwei Gläser Champagner in der Hand- glamourös ihre makellose Nacktheit. Unter einem strahlend lachenden Gesicht recken sich mir zwei propere runde Bälle mit keck aufgerichteten Nippeln entgegen. Eine schmale Taille, ein flacher Bauch und eine wohlgeformte runde Hüfte begleiten meinen Blick auf ihr blankes Lustzentrum, dem ein gepflegter kleiner dunkler Haarpfeil die offenbar von ihr gewollte Aufmerksamkeit zukommen lässt. Den Anblick ihrer schlanken Schenkel hat sie mich ja bereits auf der Straße begutachten lassen.

„Na, entspricht das alles hier Ihrem angemessenen gediegenen Ambiente?"

„Ich kann nicht klagen, ein Heiliger Abend kann besser nicht gefeiert werden. Außer Schnee ist alles geboten!"
Sie tritt auf mich zu und reicht mir eines der Gläser. Dann setzt sie sich mir gegenüber in den Sessel, blitzt mir spitzbübisch das Glas hebend zu.

„Frohe Weihnachten!" sagt sie und nippt an ihrem Glas. Langsam öffnet sie ihre Schenkel. Den Stil ihres Glases lässt sie langsam zwischen ihren Brüsten den Körper entlang nach unten gleiten. Sie passiert ihren Bauchnabel und das kleine haarige Dreieck, erreicht ihr Lusthügelchen und streichelt sich leicht über ihre neugierige Perle. Ihre Spalte glitzert feucht. Mit dem runden Glasfuß öffnet sie behutsam ihre Schamlippen und beobachtet mit neugierig lüsternem Blick genau, ob ich ihre rosig glänzende Blütenpracht auch entsprechend würdige.

Sie stellt ihr Glas ab, zieht jetzt mit der linken Hand ihre triefenden Schamlippen auseinander und beginnt mit dem Zeigefinger ihrer rechten Hand ihre Lustperle zu massieren. Sie lehnt ihren Kopf zurück auf den Sessel und schließt ihre Augen. Als säße ich ihr nicht schmachtend gegenüber, tanzt sie mit ihren Fingern über ihre pralle Klitoris, schiebt zwei Finger gespreizt ihren Schamlippen entlang, verweilt eine Weile massierend zwischen sprudelnder Grotte und Pofalte um dann langsam und lüstern mit beiden Fingern in ihr Inneres vorzudringen. Gurgelnd lösen sich wollüstige Laute aus ihrem schmal geöffneten Mund. Sie stößt in sich hinein, um gleich darauf mit den Fingern wieder auf ihrem Lustknopf zu trommelt und ihre Schamlippen quetschend und streicheln zu bearbeiten.

Plötzlich hält sie inne.
„Vorspiel!", sagt sie, „jetzt lass mich aber mein Weihnachtgeschenk auspacken!"
Sie steht auf, kniet sich vor mich hin und beginnt meinen Gürtel zu öffnen.
„Ich wette, da fühlt sich jemand schon eine Weile ganz schön weggesperrt!"
Sie öffnet meine Hose. Ich muss mich aus dem Sessel erheben, damit sie mich von meinen Beinkleidern befreien kann. Kaum sitze ich, stülpt sie ihre Lippen über meinen Schwanz, der sich in der Tat bereits mächtig nach oben gestreckt hat. Ihre Zunge trommelt auf meine Eichel und treibt mir die ersten geilen Schauer durch den Körper. Mit den Händen reibt sie meinen Schaft und knetet meine

Eier, während sie genussvoll meinen Stab kräftig saugend mit Zunge und Lippen von oben herab verwöhnt. Das Resultat ihres Treibens hat sie sowohl in den Händen als auch in ihrem Mund. Und so wie es scheint ist sie mit dem Ergebnis nicht unzufrieden, treibt ihr Spiel wohl aber gerne noch ein wenig weiter.

Dann zieht sie ihren Kopf nach oben. Sie sieht meinen steil nach Oben gestellten Schwanz anerkennend an und sieht dann zu mir hoch.

„Weißt du, was mir vorhin in den Sinn kam, als ich die Glocken von der Frau wie wild hin- und her hüpfen gesehen habe?"

Der erhebende erotische Gefühlsaufbau lässt bei mir schlagartig nach.

„Welche Gedanken hast du denn, während du an meinem Schwengel lutschst?"

Sie lacht. „Okay, das war wohl gerade ein Liebestöter!"

„Das kann man wohl sagen! Aber jetzt ist es schon egal. Sag, woran hast du gedacht, als du die Glocken bei der Schönen baumeln gesehen hast?"

„Der Witz ist jetzt leider schon dahin! Mir ist tatsächlich die Melodie von „Süßer die Glocken nie klingen" in den Kopf geschossen."

Ganz so üppig fällt unser Lachen nicht mehr aus.

Sie sieht mich wie ein treuherziger Hund unten herauf an und beginnt sich wieder um meinen etwas beleidigten Ständer zu kümmern.

„Weißt du," sagt sie, „dein Prachtstück hier bekommt auch eine ganz schön imposante Größe. Und wenn ich mir was wünschen darf, die beiden vorhin haben mich mit ihrem Fick so richtig angetörnt und wenn ich ehrlich bin, mir wird meine Möse klatschnass bei dem Gedanken, dass du mich nachher so nimmst, wie der Bierbauch vorhin seine Frau gevögelt hat."

Mit beiden Händen ist sie wieder fleißig daran, meinen Schwengel wieder in Stellung zu bringen.

„Und ganz ehrlich, wenn ich mir vorstelle, dass meine Äpfel dann ähnlich wie ihre Glocken hin und her gefeuert werden und dein Lustkolben mich aufspießt, könnte ich mir spielend leicht jetzt gleich einen runterholen."

Mein Geilheitsspiegel bewegt sich schön langsam wieder auf die hundert Prozent zu. Jetzt stülpt sie auch wieder ihre Lippen über meinen Schaft und beginnt mit der Zunge meine Eichel einzukreisen.

„Dann mach mal schön so weiter!", feuere ich sie an, „Ich habe auch gar nichts dagegen, meinen geilen Speer nachher zwischen deinen knackigen Arschbacken zu versenken!"

Lustvoll stöhnt sie auf, während sie meinen Schwanz noch tiefer in ihrem Schlund versenkt. Offenbar stachelt sie geiles Reden auch ziemlich an, denn ich merke, dass sie zwischendurch einer ihrer Hände auch immer wieder einen Ausflug in ihr eigenes Lustzentrum gönnt.

„Der Sessel steht ja schon bereit!", sage ich, „schön abgestützt kannst du mir gerne deinen Prachtarsch präsentieren und wenn du bereit bist, deine schönen strammen Schenkel zu spreizen, wird sich dein Lusttörchen wohl von alleine einladend öffnen. Und ich habe nichts dagegen diese Einladung gerne anzunehmen und dir ein paar heftige Stöße zu verpassen."

Wieder gibt sie gurgelnd ein paar Lustlaute von sich. Ohne meinen Schwanz aus ihrem Mund zu entlassen, steht sie auf und bleibt tief gebeugt meinen Schwanz saugend vor mir stehen. In der Tat baumeln ihre Brüste glockengleich unter ihr. Sie sorgt mit entsprechenden Bewegungen dafür, dass sie nicht zum Stillstand kommen. Langsam schiebt sie auch ihre Beine immer weiter auseinander. Mir ist nicht klar, ob sie damit mein Kopfkino anstacheln will oder sich selbst in ihrem Kopf das entsprechend geile Bild erzeugen will.

Sie gibt meinen Schwanz frei, richtet sich auf und schlüpft aus ihrem Negligé.

„Komm!" ruft sie, stellt sich hinter den Sessel, spreizt die Beine und beugts sich über die Sessellehne, so dass ihre Brüste über der Sitzfläche baumeln. Ich kann nicht umhin, zuerst kräftig in dieses weihnachtliche Geläut rein zu greifen. Sie kreischt kurz auf, als ich mit meinen Fingern einen ihrer steifen Nippel zu fassen bekomme und ihn gegen die Baumel-Richtung ziehe.

„Wow!" ruft sie, „jetzt komm, gib s mir! Gib s mir richtig, ich will was spüren!"

Ich bewundere ihren schönen festen runden Hintern. Wie ein gegebenes Versprechen entblättert sich unter ihrer Po-Ritze eine prächtige rosa Lustorchidee, die nektarglänzend meinen kräftigen Samenstempel lockt. Behutsam setze ich meine Eichel auf den geöffneten Lustblättern ab und glitsche spielend leicht in ihren Blütenkelch. Schnurrend und gurgeln lässt Vera mich wissen, dass nicht nur ihr Kopfkino dort angekommen ist, wo sie sich offenbar bereits vor dem mit dem vögelnden Pärchen gefüllten Fenster hin gewünscht hatte.

„Jaaah, komm, fick mich! Nimm mich, nudel mich durch, komm mach, hau mir auf den Arsch! Stoß mich, komm!"

„Nicht so ungeduldig, meine Liebe! Nicht so ungeduldig! Du bekommst gerne, was du willst, aber nur gemach!"

Langsam lasse ich meine Rute zwischen ihren Beinen eintauchen. Sie fühlt sich gut an. Eng, aber nass genug um ungehindert in sie hineinzugleiten. Ich schiebe mich bis zum Anschlag in ihre Grotte vor. Ihr langgezogenen „Ooohhh!" lässt mich wissen, dass es ihr guttut. Ich begebe mich wieder langsam dem Ausgang entgegen, merke, wie sich meine Samenkammer in Habachtstellung begibt. Ich wechsle die Richtung, genieße ihren nächsten verbalen Lustausstoß. Meine Bewegung nach hinten beschleunige ich nun genauso wie den nächsten Stoß nach vorne. Ich weiß, einmal am Glockenstrang gezogen heißt die Glocken nun zum Läuten zu bringen. Mein nächster Stoß wird heftiger. Ich lasse meine Hand auf ihre rechte Pobacke klatschen. Ihr Aufschrei gleicht einem Jauchzer, den ich mit dem Schlag auf die andere Hälfte ihres Hinterns zum zweiten Mal abrufe. Dann brauche ich die beiden Hände, um ihre Hüften zu in festen Griff zu bekommen. Ich stoße zu, einmal, zweimal, hart, tief und vor allem wollüstig. Ihr Jauchzen wird zum Jodeln. Noch einmal schlage ich ihr kräftig auf ihren Hintern und dann lasse ich nicht mehr ab, ihr Stoß um Stoß meine Rute jedes Mal bis zum Anschlag in ihren triefenden Canyon zu jagen. Ihre Schreie sind undefinierbar. Nicht nur ein gejapstes „Jajajaah" signalisiert ihre ungebändigte Geilheit, auch taktgenauer Widerstand ihres Unterleibes gegen meine Stöße unterstreicht ihr Verlangen nach der letzten Glückseligkeit. Ich muss mich zügeln, um nicht zu früh zu verglühen. Unterbreche nur für einen Augenblick, um ihr, ohne dass sie vorher zur Besinnung kommt, mit aller Heftigkeit den Weg zu ihrer Glückseligkeit zu verschaffen. Tatsächlich merke ich, dass ihre Knie zittern, sie bebt, sie schreit, zu gurgelt und sie bäumt sich auf.

„Ja!" ruft sie, „Ja! Ja! Ja!" und dann folgt ein langgezogenes „Oooh!" Sie lässt sich über die Sessellehne fallen. Ich ziehe meine zum Platzen geschwollene Lustrute aus ihr heraus, betrachte die überlaufende offene Lustquelle, die sich mir auf der Sessellehne zwischen den beiden Pobacken, die mit den rosa Finger-Tattoos meiner Hand auftut. Sie schnauft heftig, murmelt irgendetwas in das Sitzkissen hinein und streckt alle Viere von sich.

Geil wie ich bin, ich setze mich auf den anderen Sessel. Mein Schwert steht aufrecht nach oben und reckt sich unter meinen Hemdzipfeln empor.

Langsam dreht sie ihren Kopf in meine Richtung.

„Boah, war das ein Fick!" Sie lacht. „Du hast ja noch gar nicht abgespritzt?"

Erschrocken richtet sie sich auf. „Und jetzt? Muss ich dir einen blasen?"

„Du bist schon wieder sehr ungeduldig. Komm doch mal erst wieder zu dir. Die Nacht ist doch noch nicht zu Ende!" Sie lacht. „Oh, das klingt ja nach mehr!" Sie nimmt ihre beiden Glocken in die Hände und schaukelt sie vielsagend hin und her.

„Du bleibst also noch da und hast heute Abend nichts mehr vor?"

„Ja schon, gerne. Eigentlich gehe ich am Heiligen Abend immer gegen Ende in die Nachtmette, um mir das ‚Stille Nacht, Heilige Nacht' in der verdunkelten Kirche reinzu-ziehen. Aber das muss halt dann mal ausfallen."

Sie strahlt mich an. „Nee, muss es nicht! Wollen wir das machen?"

Ich sehe sie überrascht an.

„Dann müssen wir uns aber bald auf den Weg machen."

„Komm lass uns noch was trinken und dann gehen wir los. Und weißt du was, ich ziehe mir nur meinen leichten Mantel an. Ich singe in der Kirche splitternackt neben dir ‚Stille Nacht, heilige Nacht', neben all den frommen Met-tenbesuchern und lass dich richtig schmoren. Erst wenn wir wieder zuhause sind darfst du deine Zauberrute wie-der auspacken und dann treiben wir es solange miteinan-der bis du platzt."

Gesagt, getan. Sie machte sich tatsächlich splitternackt unter ihrem Mantel auf den Weg in die Kirche. Auf dem Weg gab sie immer wieder ihren schaukelnden Busen und ihren knackigen Hintern meinen Blicken frei. Wohlwissend damit meine Lüsternheit nicht nur auf Sparflamme zu halten.

Nach der Mette wieder zuhause haben wir nicht nur meine ‚Zauberrute' zum Platzen gebracht. Auch ihr Blütenkelch hat in dieser Weihnachtsnacht noch einmal so gesprudelt, dass ihre Beine ihr kurzfristig den Dienst versagt haben und ihre Glocken haben noch mehrere Male nach der ihr zugedachten Melodie gebimmelt.

Feierabend

1.

Sie sieht auf ihre Armband Uhr. 13.55 zeigt das Ziffernblatt.

Nur noch die zwei Kunden, denkt sie, dann ist Feierabend. Sie zieht die beiden Milchtüten über den Scanner, das Fleischwarenpaket, den Blumenkohl, Butter, Sahne, die Chipstüten und den ganzen Rest.

„49,79", sagt sie.

„Mit Karte, bitte!" Sagt die Kundin.

„Zettel?"

„Ja, bitte!"

„Schöne Weihnachten!"

„Danke Ihnen auch!"

Dann noch dieser Herr. Sie muss lächeln.

Auch schon gespannt, dass heute Abend Bescherung ist, denkt sie, als sie nahezu das volle Programm aus dem Stand des Kaffee-Anbieters über den Scanner zieht. Tochter, Sohn, Frau, Schwiegermutter und Opa, alle werden offenbar heute noch ganz speziell beschenkt.

„67,90" sagt sie

Auch er zahlt mit Karte.

Sie klappt die Kasse zu, Herr Bernhard, ihr Chef aktiviert hinter dem Kunden die automatische Eingangsverriegelung.

„Geschafft!" sagt sie.

„Fast!" antwortet er. „Da kommt noch jemand und holt die Frischware ab, die über die Feiertage noch raus muss. Am Kühlregal steht Ware bis zum Ablaufdatum 27.12.und auch beim Obst habe ich zwei kleine Kisten aussortiert. Bring sie bitte nach hinten und hilf dann beim Verladen." Dann ist Herr Bernhard auch schon mit der Kasse im Büro verschwunden.

Sie hatte sich freiwillig zum Dienst am Heiligen Abend gemeldet. Nach der Trennung von Marc verbringt sie die Feiertage erstmals alleine und um nicht schon während des Tages in einen Mitleids- Blues zu fallen, war der Kassenjob gerade die richtige Ablenkung. Keine ruhige Minute, keine Pause. Drei Tage kein Geschäft offen! Da verhungert das Volk, wenn nicht vorher noch richtig zugeschlagen wird. In Gedanken schüttelt sie den Kopf über die verrückten Kunden an diesem Heiligen Abend.

Sie trägt die Boxen mit der Frischware an die Hintertüre.

Da steht sie plötzlich in der Türe, groß, schlank, ihr grauer Mantel ist an den Schultern vom Regenwasser getränkt dunkel und die Haare, die unter ihrer Mütze rausschauen, kleben klatschnass an ihrer Stirn. Große dunkle Augen über einer süßen Stupsnase suchen ohne zu zögern ihren Blick. Ihre Backen sind gerötet und leicht geschminkte rote Lippen unterstreichen das Weiß ihrer Zähne. Ihr Gesicht ist ein einziges strahlendes Lachen.

„High, ich bin die Anne!" Sie reicht ihr die Hand.

„Merle", sagt sie, als sie total verdattert den festen Händedruck erwidert. Fasziniert blickt sie auf diese charismatische

Frau, die nahezu bewegungslos, aber mit einer unwiderstehlichen Ausstrahlung sich ihrer bemächtigt.

„Das ist toll, dass ihr mir die Sachen da überlasst."

„Da sind noch zwei Boxen." Fast stotternd deutet sie in den Markt hinein. „Warten Sie, ich hol sie noch schnell!" Sie läuft zu den Kühlfächern. Verwirrt schüttelt sie den Kopf. Was für eine Frau, denkt sie. Kommt rein, steht da und bemächtigt sich lediglich durch ihre Anwesenheit ihrer ganzen Aufmerksamkeit. Merle stoppt kurz. Für einen Moment schließt sie die Augen und versucht sich bewusst zu werden, was da gerade mit ihr geschehen ist. Sie schüttelt sich kurz und versucht ihre Fassung wieder zu erlangen.

Anne hat die ersten Kisten bereits in ihr Auto verladen, als sie die beiden letzten Boxen an die Türe trägt.

„Was machen Sie denn mit der Ware?" Merle versucht ihre Unsicherheit mit dieser Frage zu überspielen.

Wieder ist sie völlig perplex, als diese Frau namens Anne ihr lachend die Boxen aus der Hans nimmt.

„Es gibt da ein paar Menschen, für die fällt Weihnachten sehr spärlich oder sogar ganz aus. Und damit die auch ein bisschen Heilig Abend spüren, bringe ich ihnen wenigstens ein paar Lebensmittel vorbei."

„Jetzt?"

„Ja, jetzt.", lacht Anne, „Bescherung ist am Heiligen Abend. In dem Fall halt am Heiligen Nachmittag!"

„Sind Sie von der Caritas oder von so einem Verein?"

Wieder strahlt diese fremde Frau über das ganze Gesicht. „Nein, das mache ich privat. Wenn man die Augen aufmacht sieht man auch ohne Organisation, wo die Not Einzug gehalten hat."

Merle überlegt kurz. „Darf ich mit?"

Anne stutzt: „Wie meinen Sie das?"

„Na, würden Sie mich mitnehmen zu diesen Menschen, denen Sie die Ware bringen?"

„Gerne, ich habe nichts zu verbergen und die Leute freuen sich, wenn man ihnen wenigstens ein paar Minuten Aufmerksamkeit schenkt."

„Gut, dann komme ich mit!"

„Haben Sie denn Zeit heute Nachmittag?"

„Ja, Zeit habe ich!" Merle lacht kurz auf. „Jede Menge sogar! Zu wieviel Leuten fahren Sie denn?"

Anne geht geistig ihren Fahrplan durch. „Zu fünf Alleinstehenden und einer Mama mit drei Kindern."

„Warten Sie, ich zieh mich an und bin gleich da.

Bevor Merle den Supermarkt verlässt wünscht sie Herrn Bernhard noch schöne Weihnachten und teilt ihm mit, dass sie Pralinen, Süßigkeiten und Kerzen mitgenommen hat und die nächste Woche begleichen wird. Dann steigt sie zu dieser faszinierenden Frau in den Wagen.

2.

„Wie lange machst du das eigentlich schon?"

Merle lehnt am Türrahmen und sieht Anne zu, die am Herd ihrer Küche steht und den Topf mit dem Glühwein im Blick hat.

„Das war heute das fünfte Mal!", sagt sie.

Den ganzen Nachmittag waren sie unterwegs und haben bei den unterschiedlichsten Menschen Halt gemacht. Da war eine alte einsame Dame, ein etwas heruntergekommener fünfzigjähriger Alkoholiker, ein alter Mann im Rollstuhl und eine alleinerziehende Mutter mit drei Kinder, die wie sie sicher noch keine dreißig war. Für alle hatte Anne nicht nur die Lebensmittel vom Supermarkt, sondern auch ein paar Minuten Zeit für ein Gespräch und einen herzlichen Weihnachtswunsch.

Merle war froh, dass sie mit den Pralinen, den Kerzen und vor allem mit den Süßigkeiten für die Kinder auch einen Beitrag für dankbare und erfreute Augen beitragen konnte.

„Hast du keine eigene Familie mit der du Weihnachten feierst?"

„Bis vor fünf Jahren habe ich mit meinem Mann gefeiert." Ein kurzes Flackern in Annes Augen verbietet Merle weitere Fragen zu stellen. Das ist aber auch nicht nötig.

„Wir haben uns damals getrennt," Anne lacht kurz auf, „nach zehn Jahren!"

„Willst du es erzählen?"

Anne nimmt den Topf von der Platte und gießt den heißen Wein in zwei große Becher.

„Er wollte Kinder unc ich karn keine Kinder bekommen. Und das war es dann!"

Sie reicht Merle den Glühweinbecher und sieht ihr dabei direkt in die Augen.

„Das war es dann?"

„Ja, ich war damals 39 und habe ihm damals gesagt, dass es keinen Zweck mehr habe bei mir auf eine Schwangerschaft zu hoffen. Von Adoption wollte er nichts wissen. Sein Kind -hat er gesagt- wird auch ein Kind von ihm sein! Wenn nicht mit dir - hat er gesagt- dann halt mit einer anderen. Und dann ist er gegangen."

Der würzige Geruch des Glühweins steigt Merle in die Nase. Der Becher wärmt ihre immer noch kalten Hände und ihre Augen versinken in Annes Blick in dem vergeblich Traurigkeit zu finden ist.

„Was hat das mit dir gemacht?"

Annes Hand berührt ihren Oberarm. Gänsehaut breitet sich aus und eine nie gekannte Wärme durchflutet Merle von oben bis unten.

„Naja, damals war es natürlich schon traurig. Aber wenn dir bewusstwird, dass du mit deiner ganzen Persönlichkeit auf die Funktion der blutgerechten Arterhaltung reduziert wirst, dann hält sich die Traurigkeit in Grenzen. Da bleibt dann nur die bittere Erkenntnis, dass du vielleicht schon früher hättest begreifen müssen, dass du auf einem Holzweg warst!" Diesmal blitzen ihre Augen eher spitzbübisch.

„Bist du seitdem alleine?"

„Mehr oder weniger. Aber keine Angst, ich weiß, womit ich mir von diesem Leben meinen Teil abschneiden kann. Aber jetzt lass uns nicht in meinen langweiligen Ehegeschichten versinken."

Merle spürt Annes Körper ganz nah an ihrem. Ihre Wangen berühren sich. Eine Berührung, die Merle wieder in einer ihr unbekannten Art elektrisiert.

„Komm!" Anne greift nach Merles freier Hand und zieht sie ins Wohnzimmer. Sie zündet die Kerzen auf dem schlichten Adventskranz an, löscht das Licht und setzt sich auf die Couch.

„Erzähl von dir! Warum bist du an einem solchen Abend alleine?"

„Vor Kurzem habe ich mich auch von meinem Freund getrennt, aber ganz ehrlich ich habe keine große Lust mich jetzt in einen Heilig-Abend-Blues zu erzählen!"

Anne lacht und greift nach ihrer Hand. Wieder macht sich Gänsehaut bei Merle breit.

„Du hast recht. Die Dinge sind nun mal, wie sie sind und es hat keinen Sinn, sich damit das Leben schwer zu machen. Was stellst du denn mit den freien Tagen jetzt an?"

„Übermorgen fahre ich zu meinen Eltern, komme aber am Sonntag gleich wieder zurück und dann arbeite ich bis Silvester im Laden."

Als Anne ihre Hand von ihr lösen will, greift Merle fest zu. Anne sieht sie fragend an.

„Lass nicht los!" Merle weiß nicht, wie das so plötzlich aus ihr rausprudelt.

„Du tust mir gut!", sagt sie dann noch und weiß auch nicht, wie sie dazu kommt, das zu sagen.

Anne drückt ihre Hand fester und sieht sie mit ihrem gewinnenden Lächeln an.

„Du tust mir auch gut!", sagt sie dann.

Eine Weile sitzen die beiden schweigend und etwas verlegen nebeneinander und trinken Glühwein.

Anne steht auf. „Ich mache uns nochmal Wein heiß." Sie nimmt Merle ihren Becher aus der Hand. Ihre Blicke treffen sich. Schon in Bewegung auf die Türe zu verharrt Anne, dreht sich um, beugt sich zu Merle hinunter und küsst sie auf den Mund.

„Du tust mir gut, Merle! Ja, du tust mir wahrlich gut!" Dann geht sie.

Merle ist verwirrt. Hitze wallt in ihr auf. Der Kragen ihres Rollis schnürt ihr die Kehle zu. Sie beginnt zu schwitzen. Ohne nachzudenken versucht sie der Beklemmung Herr zu werden. Sie zieht ihren Rolli über den Kopf. Als sie ihr Gesicht mit einem heftigen Ruck aus dem engen Kragen befreit, steht Anne vor ihr. Die beiden dampfenden Glühweinbecher in der Hand sieht sie Merle lächelnd an. Schweigend stellt sie den Wein auf dem Tischchen ab und beginnt die Knöpfe ihrer Strickjacke zu öffnen.

„Du bist schön, Merle!", sagt sie, betrachtet die im dunkelgrünen BH Dasitzende und zieht sich ihr T-Shirt über den Kopf. Ein weißer spitzen BH umschmeichelt ihre kleinen Brüste. Wieder durchflutet Merle ein ihr bisher nicht bekannter warmer Schauer. Als Anne sich zu ihr auf die Couch setzt berühren sich ihre nackten Arme. Merle ist verlegen. Ihre Gefühle spielen verrückt und ihr Verstand lässt sie an sich selbst zweifeln. Wie kommt sie dazu sich dieser Freizügigkeit hinzugeben. Wie kann es sein, dass sie sich so überwältigen, so vereinnahmen lässt von jemanden, dem sie erst vor ein paar Stunden begegnet ist?

„Erzählst du mir von deiner Liebe?" Anne zieht ihre Knie an, legt ihre Beine auf die Couch und ihren Kopf auf Merles Schoß.

„Von meiner Liebe?"

„Erzähl von deinen Träumen! Wohin soll die Reise gehen? Was erwartest du vom Leben, von der Liebe? Wie willst du geliebt werden?"

Merle lacht. „Du willst mein Inneres?"

„Oh, dein Äußeres muss nicht auf der Strecke bleiben. Aber kehr gerne nach außen, was du nach außen kehren bereit bist. Was hast du zu verlieren? Notfalls kannst du gehen und alles war nur Schall und Rauch."

Merle sieht in das wunderschöne Gesicht auf ihrem Schoß. Der Zeigefinger ihrer rechten Hand streift zärtlich den weißen BH-Träger über Annes Schulter. Gedanken versunken beginnt sie Anne zu streicheln.

Was erwarte ich von der Liebe, denkt sie, als sie Annes Hand an ihrer Lende spürt. Ohne groß nachzudenken haben sich ihre Finger Annes Körbchen bemächtigt und umspielen behutsam die kleine harte Brustwarze, die Anne unter ihrem weißen Spitzen-BH scheinbar gerne der Schmeichelei ihrer Finger überlässt.

Dann beginnen sie zu erzählen. Vom ersten Verliebtsein, von kleinen Affären und erotischen Peinlichkeiten. Von Sex mit ihren Männern, ihren Vorzügen und ihren Unzulänglichkeiten.

Ihre Hände halten dabei nicht ein mit ihren Zärtlichkeiten. Haut entdeckt Haut. Irgendwann befreit Anne ihre Brüste aus dem Weißen Spitzengefängnis. Unbefangen nehmen Merles Hände die beiden kleinen Hügel mit den harten braunen Spitzenperlen in Besitz. Auch sie schält ihre prächtig festen Bällchen aus den dunkelgrünen Körbchen und genießt Annes anerkennenden Blick. Sie spürt Annes Lippen auf ihren Nippeln und ihre Hände an ihrer Jeans. Die Zeit scheint stillzustehen im Meer der Zärtlichkeit in das Merle neben Anne versinkt. Fassungslos betrachtet sie den Körper dieser wunderschönen Frau, die sich ihr splitternackt hingibt und der sie hemmungslos ihren völlig nackten Körper darbietet.

Hat der Wein ihr die Sinne geraubt? Nein, nicht geraubt, er hat ihre Sinne geschärft!

Spürt sie deshalb Annes Hände auf ihren Brüsten? Annes Lippen auf ihren Lippen? Annes Schamhaar auf ihrem haarlosen Lusthügel? Wie im Trance erlebt sie Annes Entdeckungsreise an ihrem Körper. Jede Berührung ist eine neue Offenbarung. Willig und einladend öffnet sie ihre Schenkel, als Annes Lippen sich ihrer Lusthöhle nähern. Ungeduldig erwartet sie das zitternde Spiel der Zunge, die zielsicher auf ihre Lustperle zutanzt. Exstatisch und völlig enthemmt lässt sie sich von Anne in einen zügellosen Rausch treiben, der ihr jegliche Kontrolle über sich selbst beraubt. Wehrlos ergibt sie sich den orgastischen Wellen, die Anne nun mit jeder Berührung in ihrer Lustspalte auslöst. Sie schreit vor Lust, zerfließt widerstandslos. Ihre durch ihr Hohlkreuz hoch erhobenen Brüste fordern mit ihren stein-harten Nippeln gierig nach mehr. Ohne Scham spreizt sie ihre Schenkel. Ungeduldig fordert ihre rosa aufgeblühte Liebes-grotte ein Mehr von Annes Zunge, von ihren Lippen, von ihren Fingern.

Trink mich, denkt sie, saug mich aus! Halte nicht ein! Lass mich all die Lust leben, die du so ungefragt in mir ausgelöst hast. Lass mich ertrinken in meinen ungezügelten Gefühlen.

3.

Anne steht mit dem Rücken zu ihr an der Anrichte in der Küche. Wieder lehnt sie am Türrahmen.

Sie betrachtet ihre splitternackte nächtliche Gespielin.

Ihr Kurzhaarschnitt erlaubt einen freien Blick auf ihren schlan-ken Hals. Ein kleiner Leberfleck auf ihrer rechten Schulter, der I-Punkt auf diesem makellosen Rücken, der mit der sanften Schwingung ihrer Taille den festen durchtrainierten Pobacken eine prominente Bühne bietet. Die langen Beine, die festen Waden und die in einfache Hausclogs versteckten Füße unter-streichen ihre erotische Ausstrahlung.

„Guten Morgen!", sagt sie.

„Guten Morgen!" Anne dreht ihr das Gesicht zu und wieder trifft sie dieses überwältigend einnehmendes Lächeln.

„Geht's dir gut?"

„Frag bitte das nicht! Was hast du mit mir gemacht?"

Wieder dieses schelmisch süße Lachen. „Ich war bei dir, nichts weiter!"

„Bei mir?" Merle gibt sich empört. „Du warst...nein, du bist in mir! Und ich meine nicht nur deine Lippen, deine Zunge, deine Finger. Du hast mich eingenommen, einfach so!"

Annes fröhliches Gesicht gleicht wieder einem elektrisierenden Blitz. „Und? War es eine feindliche Übernahme?"

Merle muss lachen. „Nein, aber eine ungefragte!"

Anne spielt erschrocken. „Bist du nicht einverstanden damit?"

„Das habe ich nicht gesagt!"

Merle tritt nahe hinter Anne dran. Sie greift mit beiden Händen nach ihren Brüsten und zwirbelt mit ihren Fingern die vorstehenden kleinen harten Brustwarzen.

„Stellen deine Hände jetzt Fragen?" Annes Worte verschwimmen im Hauch ihres Atems.

„Vielleicht! Aber darf ich dir wirklich eine Frage stellen?"

„Nur zu! Was zierst du dich? Wir stehen hier beide splitternackt nach einer ziemlich heißen Nacht. Welche Frage sollte da nicht mehr erlaubt sein?"

„Sag, bist du lesbisch geworden in den letzten Jahren?"

Anne prustet laut los.

„Ich und lesbisch? Oh, nein!"

„Naja, ich dachte nach dieser Nacht?"

Anne sieht sie ernst an, während sie weiter eine Käseplatte herrichtet.

„Nein, ich habe bis zur vergangenen Nacht noch nie mit einer Frau geschlafen. Und du? Bist du jetzt enttäuscht?"

„Nein, wo denkst du hin, du bist auch meine erste Frau!"

Merle drängt ihren ganzen Körper gegen Anne. Ihr Busen drückt sich gegen Annes Rücken. Ihre Nippel reagieren sofort auf das leichte Reiben auf Annes Haut. Ihr Venushügel drängt sich zwischen Annes Pobacken. Die Lust glüht neu in ihr. Sie knabbert an Annes Ohr.

„Verrätst du mir, wie du es am liebsten von einem Mann hast?"

Wieder lacht Anne während sie ihren Po kräftiger gegen Merles Geschlecht drückt.

„Du stehst schon sehr richtig. Wenn ein Mann es mir von hinten macht, vergesse ich mich ziemlich schnell." Anne hört auf, die Käseplatte zu richten. Mit beiden Händen stützt sie sich auf der Anrichte ab und lässt ihren Kopf nach vorne fallen.

Merle krault mit ihren Händen durch Annes Haar. Dann löst sie sich von ihr ein wenig, gleitet mit ihren Fingern den Hals entlang, umkreist den kleinen Leberfleck an der Schulter und begibt sich Zärtlich streichelnd Annes Rücken hinab zu ihrem knackigen Hintern. Ihre Finger krallen sich in ihre Pobacken und kneten sie kräftig einige Male durch. Anne stöhnt.

Die Knie leicht gebeugt streichelt Merle nun auch Annes Beine. Wieder stöhnt Anne. Behutsam drückt Merle Annes feste Schenkel auseinander und bekommt von Anne bereitwillig Hilfe. Mit zwei kurzen Schritten nach rechts und links steht

Anne nun breitbeinig vor der Küchenzeile. Vorsichtig streicht Merles Hand die Innenseite von Annes Schenkeln nach oben. Der leichte kontakt ihrer Finger mit Annes Schamlippen lässt keinen Zweifel an Annes Zustand. Annes Lust topft auf den Küchenboden. Sie stöhnt, krallt sich fest an der Arbeitsplatte und neigt ihren Oberkörper über den angerichteten Käseteller.

„Nimm mich!", stammelt sie, „bitte, nimm mich!"

Merles Finger gleiten von hinten durch ihre Fut. Als sie mit dem Zeigefinger Annes kleine Perle erreicht, entfährt dieser ein spitzer Schrei. Merle verweilt, reibt leicht darüber. Anne keucht. Merle gleitet mit einem Finger in Annes überlaufende Lusthöhle. Sie lässt einen zweiten Finger folgen. Gleitet behutsam hinein und wieder sacht hinaus. Um gleich wieder ein Stückchen tiefer in sie vorzudringen. Annes Knie beginnen leicht zu zittern. Wieder suchen Merles Finger die triefende Tiefe von Annes Höhle. Ihr Daumen schiebt sich in der Po-Spalte bis zu Annes Rosette, umspielt diese und drückt dagegen, als ihre Finger nun etwas heftiger in die nektartriefende Lustquelle stoßen. Anne hechelt.

„Nimm mich!", entfährt es Anne wieder, „Komm, mach, nimm mich!"

Merle stößt ihre Finger nun heftig in die klitschnasse Möse, ihr Daumen glitscht ab und zu leicht durch Annes Schließmuskel. Merles linker Arm umschließt Annes Oberkörper und ihre Hand hat die Brüste fest im Griff. So zieht sie Anne kräftig gegen die nun heftiger werdenden Stöße ihrer Finger.

„Jaaaa!", presst Anne heraus. Merle kennt nun kein Halten mehr und jagt ihre Finger hart und tief in Annes Höhle. Anne läuft aus. Merle hört das Glitschen, das ihre Finger in Annes enger Spalte erzeugen. Sie spürt den überschäumenden Lustnektar an ihren Fingern hinunterlaufen, hört den plätschernden Aufschlag auf dem Küchenboden, hört vor allem Annes animalisches Hecheln und dann diesen langanhaltenden befreienden Lustschrei den sie in ihrem gewaltigen Orgasmus in den Raum hinausschreit. Annes Knie knicken weg, ihr Brustkorb bebt, ihr Atem japst.

Merle zieht Anne ganz fest an sich heran. Ihre Finger haben Annes Quelle verlassen und mit beiden Armen versucht Merle Anne auf den Beinen zu halten. Sie zieht einen Stuhl vom Küchentisch heran, setzt sich auf ihn und nimmt Anne auf den Schoß. Sanft streichelt sie über Annes Gesicht, den Hals und über ihre Brüste. Anne macht ihre Augen weit auf, lächelt scheinbar etwas hilflos. Dann versinkt ihre Zunge in einen innigen Kuss zwischen Merles Lippen.

Annes Atem geht wieder normal, als Merle sich unter ihr loslöst.

„Kaffee?", fragt sie und deutet auf die heiße Kanne der Kaffeemaschine.

„Gerne!", lacht Anne und nimmt von Merle die eingegossene Tasse entgegen.

„Wunder dich bitte nicht, mein Orgasmus ist immer sehr sehr nass!" Dabei deutet Anne auf die kleine Pfütze, die vor der Küchenanrichte deutlich den Ort des Geschehens markiert.

„Ach du bist süß!" Merle, die nun auch eine Tasse Kaffee in der Hand hält, beugt sich zu Anne hinunter und küsst sie auf den Mund.

„Weißt du, den ersten Weihnachtfeiertag nackt mit einer Frau in einer Küche zu verbringen, sprengt alle erotischen Phantasien von mir. Und wenn ich den Käseteller dort drüben sehe, dann möchte ich sehr gerne auch nackt mit dir Frühstücken!"

„Nur frühstücken?" Anne sieht sie spitzbübisch an. „Heute Abend kommen Gäste, nichts hindert dich zu bleiben und nichts hindert dich, deine Kleider dort liegen zu lassen, wo sie jetzt liegen. Und wenn du mich so sehen willst, wie du mich jetzt siehst, dann werde auch ich meiner Wäsche bis heute Abend untreu bleiben."

4.

Es sind zwei Paare, die am Abend bei Anne eintrudeln. Dann noch Gerda, eine Freundin und Pit, ein Freund. Alle sind etwa in Annes Alter und offensichtlich sehr eng befreundet, denn die Begrüßungen sind sehr herzlich und innig. Der Abend ist ausgesprochen lustig, natürlich mit dem Vorwurf an Anne versehen, ihnen ihre so hübsche junge Freundin bisher vorenthalten zu haben.

Merle genießt den Abend, da alle drei Männer sich auffällig herzlich um sie bemühen. Und alle sind enttäuscht, als Merle sich schon relativ früh von allen verabschiedet.

Im Flur stehen sie sich gegenüber.

„Schau nicht so! Natürlich kommst du wieder, wann immer du willst." Anne umarmt sie und flüstert: „Und wenn du mit Pit verschwindest, bin ich dir auch nicht böse."

„Mit dem verschwind ich nicht!", lacht Merle leise. „Mit dem bleib ich höchstens bei dir!"

„Oho, das sind ja schöne Aussichten fürs neue Jahr!"

Dann küssen sie sich noch einmal innig, bevor Merle sich auf den Heimweg macht.

Begegnung in M.

Dunkelheit saust am Fenster vorbei. Nur ab und zu dringt ein Straßenlaternenlicht oder eine Hausbeleuchtung für den Bruchteil einer Sekunde durch den Waldstreifen neben dem Bahndamm. Es ist gerade erst fünf Uhr durch und schon stockfinster draußen. Es hat angefangen zu schneien, aber das ist nur an den Bahnhöfen richtig wahrzunehmen.

Ich bin auf dem Weg nach München. Letzte Woche hatte ich einen Anruf aus dem Waisenhaus bekommen. Ich solle wegen eines Adoptionskindes für unseren Amtsbereich vorbeikommen. Während des Telefonates stellte sich heraus, dass die zuständige Sozialpädagogin Marion eine alte Bekannte von mir ist, mit der ich lange Zeit zusammengearbeitet hatte. Wir haben uns für zwanzig Uhr verabredet. Davor will ich die Gelegenheit nutzen und mich noch um ein paar Weihnachtsgeschenke kümmern.

Die S-Bahn rast durch die Nacht. Die surrende Geräuschkulisse aus Fahrtwind und Elektromotoren ermüdet mich. Ich döse vor mich hin.

Je mehr wir uns der Stadt nähern, desto mehr Menschen drängen sich an den Haltestellen in die Bahn. Inzwischen huscht die weihnachtlich beleuchtete Vorstadt draußen vorbei. Es herrscht Feierabendbetrieb auf den Straßen, in der Bahn und auf den Bahnsteigen.

Wir tauchen in den Tunnel ein. Nächster Halt: Hauptbahnhof! Ich muss raus.

Der Pulk der Aussteigenden drängt mich hinaus. Inmitten von dunklen Mänteln, Winterjacken, Schals und Mützen befördert mich die Rolltreppe ins Zwischengeschoss. Hinter der Ausgangsbarriere stoppe ich kurz. Der Ausgang Bayerstraße ist fast menschenleer. Ich wähle die Richtung. Je näher ich der Rolltreppe nach oben komme, desto mehr Schneeflocken treiben in den Untergrund. Ich sehe nach oben. Ein Lächeln begegnet mir, eine winkende Hand. Ich stutze, sehe kurz hinter mich, ich bin allein. Meint sie mich? Kenne ich sie?

Oben an der Treppe wartet eine junge Frau in einem hellgrauen Mantel auf mich. Ihre Haare sind unter einer großen dunkelroten Strickmütze versteckt und den weißen Schal hat sie zweimal um den Hals gewickelt.

Sie lächelt, lacht nahezu und hat mich mit ihren großen blauen Augen fest im Blick. Ich lächle zurück, während ich langsam die Rolltreppe nach oben steige. Ich kenne sie nicht. Ganz sicher! Sie umarmt mich, ich höre ihre flüsternde Stimme: „Können Sie mir helfen?" Sie hat einen süßen nordischen Dialekt. Dann küsst sie mich auf den Mund. Ich bekomme Gänsehaut. Ihre Lippen fühlen sich kühl und weich an. Ihr Atem ist frisch, belebend fast. Ohne weiter nachzudenken, lege ich meine Arme um sie, drücke sie an mich. Dann fasse ich nach ihrer Hand, mache eine Hundertachtzig-Grad-Kehrtwende und ziehe sie bestimmt an meine Seite. Fast federleicht tanzen wir die Stiegen neben der Rolltreppe wieder hinunter, als hätten wir Treppen schon immer so genommen. Sie strahlt mich an. Ich erwidere ihre Fröhlichkeit. Noch einmal küsst sie mich.

Als wir um die Ecke sind, bittet sie fast flehend: „Spielen Sie bitte mit!"

„Tu ich doch, oder?" Ich lache. Sie lacht auch, aber etwas Gequältes ist nicht zu übersehen.

Sie ist jung, etwas größer als ich, hat ein ausdrucksvolles liebes Gesicht mit großen blauen Augen, Sommersprossen auf der Nase und einen fröhlichen Mund mit schönen Lippen. Ihre Augenbrauen und einzelne Haare auf ihrem Schal und ihrem Mantel verraten, dass sie unter ihrer Mütze eine lange blonde Mähne versteckt. Ihre Schuhe hallen klackend im Untergeschoss.

„Ich erkläre dir alles!", sagt sie leise, „aber bitte dreh dich nicht um." Ungefragt duzt sie mich plötzlich. Was soll ich dagegen haben, schließlich hat sie mich ja auch geküsst. Ungefragt! Allein ihr Dialekt macht sie mir unheimlich sympathisch. Unwillkürlich muss ich an eine Bekannte aus Dänemark denken, über deren Aussprache des Wörtchens „bisschen" ich mich immer amüsiert hatte, da sie das „s" und das „ch" nicht getrennt, sondern zusammen als „sch" ausgesprochen hatte, also „ein bisschen".

Ich lächle in mich hinein. Sehe ihr in die Augen. Was für eine Frau, was für ein Mädchen, was für eine Begegnung an diesem Freitagabend im Advent.

„Ich bin aus Schweden und studiere in Florenz." Sie beginnt leise zu erzählen. „Ich bin auf dem Weg nach Hause und habe wirklich ein Problem, seit ich in Florenz in den Zug gestiegen bin!"

„Studierst du Sprachen? Du sprichst ja nahezu perfekt Deutsch!"

„Nein, ich studiere Kunst, aber ich habe Deutsch in der Schule gelernt und mehr als zwei Jahre in Hamburg gelebt."

„Daher! Und was ist das für ein Problem?"

„Seit Florenz hat in meinem Abteil ein Italiener gesessen. Er hat mich sofort angesprochen, mir Komplimente gemacht und mir dann angeboten, mich nach Stockholm zu begleiten. Er war ziemlich aufdringlich. Selbst als ich ihm gesagt habe, dass ich in München meinen Freund treffen werde, hat er nicht aufgehört, mich anzubaggern."

„Hast du einen Freund hier in München?"

„Nein, ich habe keinen Freund hier in München. Das habe ich nur gesagt, damit er mich in Ruhe lässt. Hier habe ich fast vier Stunden Aufenthalt, bis ich nach Stockholm weiterfahren kann, da hatte ich Angst, der Typ würde nicht lockerlassen."

„So wie`s aussieht, hat er dir die Geschichte nicht abgenommen."

„Genau! Deshalb habe ich mich da oben an die Rolltreppe gestellt und mir einfach gedacht: Der nächste Blonde, der die Treppe hochkommt, den spreche ich einfach an."

Ich muss lachen.

„Ansprechen nennst du das? Macht ihr das in Schweden immer so?"

Sie sieht mich verlegen an und wird rot.

„Was denken Sie jetzt von mir?"

„Bleib nur weiter beim Du, es macht mir nichts aus, von so einem hübschen Mädchen geduzt zu werden und ich habe überhaupt nichts gegen so süße Küsse."

Sie sieht beschämt zu Boden. Jetzt küsse ich sie. Auf die Wange!

„Lass uns einen Kaffee trinken gehen, komm!"

Sie lächelt wieder. „Okay!"

„Anne!", sagt sie, Anne heiße sie.

Zuerst legt sie den Schal auf den schwarzen Stuhl. Ich helfe ihr aus dem Mantel. Sie trägt eine dunkelblaue enge Jeans, in der ihre langen Beine und ihr richtig knackiger Po wirkungsvoll zur Geltung kommen. Ihr weißer Rollkragenpulli betont auch ihren Oberkörper äußerst vorteilhaft. Sie ist schlank, ohne dünn zu sein. Ihre Brüste passen zu ihrer Größe. Der BH zeichnet sich deutlich unter dem Pulli ab und lässt sogar den phantasievollen Blick auf zwei feste Brustwarzen zu. Sie nimmt ihre Mütze ab und schüttelt kurz ihre langen blonden Haare, die bis über ihre Schultern fallen.

Sie setzt sich mit dem Rücken zur Wand und den Blick ins Lokal. Ich trinke Kaffee, sie schwarzen Tee.

Mitten im neu begonnenen Gespräch beugt sie sich zu mir über den Tisch, nimmt meine Hand, küsst mich und flüstert: „Sie sind gerade hereingekommen!"

„Wer?", frage ich und will mich umdrehen.

„Nicht hinsehen!"

„Wer sind sie? Ich denke es war nur einer?"

„Als ich in München ausgestiegen bin, kam noch ein zweiter dazu. Sie sind beide hier, jetzt! Die müssen uns gefolgt sein."

„Fragt sich nur, mit welcher Absicht! Geht es wirklich um einen, der sich Hals über Kopf in dich verliebt hat, was ich durchaus verstehen könnte, oder sind die beiden auf der Suche nach leichter Beute bei einer Alleinreisenden?"

„Du machst mir Angst!"

„Auf die leichte Schulter würde ich das nicht unbedingt nehmen, aber wir sind ja jetzt auch zu zweit! Dann müssen wir halt das Programm ändern. Wann geht dein Zug?"

„Eigentlich wollte ich ja noch einen Tag in München bleiben und mir die neue Pinakothek ansehen, aber wenn ich ein Zimmer genommen hätte, wäre mir der Typ sicher die ganze Zeit nicht von der Pelle gerückt. Deshalb wollte ich den nächsten Zug um 21.17 Uhr nehmen."

Ich frage die Bedienung nach der Speisekarte.

„Jetzt tun wir erst mal so, als hätten wir geplant, hier zu essen. Wenn die beiden in der Zwischenzeit verschwinden, ist es ja kein Problem, den Zug zu nehmen.

„Ich weiß nicht?" Sie sieht mich verunsichert an. „Ich habe einen Schaffner im Zug nach der nächsten Verbindung von München aus gefragt, das hat der Typ ja mitbekommen. Ich habe ja nicht geglaubt, dass der wirklich bis Stockholm mitfahren würde."

„Das ist schlecht! Wenn die dich sogar verfolgen, wenn du mit mir - deinem angeblichen Freund - zusammen bist, dann kannst du Gift drauf nehmen, dass die um neun am Zug stehen."

Wieso lassen die mich nicht in Ruhe, wenn die sehen, dass du da bist?"

„Vielleicht habe ich gerade am Anfang meine Rolle nicht gut genug gespielt und sie haben durchschaut, was du ihnen da vormachen wolltest."

„Das glaube ich nicht, du hast doch ganz toll reagiert!"

Wieder gibt sie mir einen Kuss und löst ein wohliges Gefühl in mir aus.

„Es fällt mir überhaupt nicht schwer, dein Freund zu sein!" Ich küsse sie auf den Mund und spüre, wie ihre Zunge an meinen Lippen anklopft. Ganz kurz erwidere ich mit meiner Zunge ihr Angebot. Dann widme ich mich der Speisekarte, da das Kribbeln in meinem Bauch gefährliche Züge anzunehmen droht.

Wir bestellen.

„Um Acht habe ich einen Termin im Waisenhaus, vielleicht kommst du einfach mit und danach suchen wir eine neue Verbindung raus, ist das okay?"

„Willst du das wirklich machen, ich stehle dir doch deine Zeit?"

„Ach, weißt du, gegen so einen hübschen Zeiträuber habe ich nichts einzuwenden. Noch dazu, wenn er weiblich ist!"

Sie lacht. „Danke, wenn es dir nichts ausmacht, komme ich gerne mit. Was machst du denn in einem Waisenhaus?"

Während des Essens erzähle ich ihr von meinem Job im Jugendamt und was ich im Waisenhaus zu erledigen habe.

Die beiden Italiener verlassen das Lokal wenige Minuten bevor wir gehen wollen. Offensichtlich haben sie unser Zahlen als Zeichen des Aufbruchs gedeutet. Auf dem Weg zur U-Bahn gehen wir – ohne großartig nachzudenken - händchenhaltend. Es schneit immer noch. Sogar etwas stärker. Auf dem Bahnsteig ist ziemlich viel Betrieb, in der Bahn weniger. Wir finden einen Sitzplatz.

Wieder drängt sie sich an mich und während sie zärtlich mein Gesicht liebkost, teilt sie mir mit, dass die beiden Italiener im Nachbarwaggon sitzen und zu uns herüberschauen. Da die beiden im Lokal in meinem Rücken saßen, sehe ich sie nun das erste Mal genauer. Zwei junge, wirklich gutaussehende Männer in schwarzen Lederjacken.

Der Trick, im letzten Moment vor dem Türenschließen auszusteigen, funktioniert ausgezeichnet. Offensichtlich hatten die beiden nicht mit unserem plötzlichen Sprung auf den Bahnsteig gerechnet.

Wir laufen von der U-Bahn zum Waisenhaus. Schneeflocken tanzen um uns herum. Ich lege meinen Arm um ihre Schultern und spüre ihren an meiner Hüfte.

„Hast du kein Gepäck?", frage ich.

„In einem Schließfach am Bahnhof!"

„Hat er das auch gesehen?"

„Natürlich, er war ständig neben mir!"

„Dann hast du die beiden spätestens beim Gepäckabholen wieder als Begleiter!"

Sie bleibt kurz stehen und sieht mich verzweifelt an. Ich lache.

„So eine begehrte Frau und weiß es nicht zu schätzen!"

Sie boxt mir ärgerlich in die Seite. Wie vertraut, denke ich.

„Wir ändern den Plan!", sage ich, als wir die warme Eingangshalle des Waisenhauses betreten, „ich habe eine Idee, ich erkläre sie dir, wenn ich hier fertig bin."

Es ist schon fast neun, als wir wieder auf dem Weg zum Hauptbahnhof sind.

„Was ist deine Idee? Ich bin gespannt."

Sie sitzt eng an mich gekuschelt in der U-Bahn, obwohl es im Moment gar keinen Grund für diese Vertrautheit gäbe. Ich genieße es.

„Meine Idee ist: Du fährst von einem anderen Bahnhof weiter!"

„Wie soll das denn gehen?" Mit ihren großen blauen Augen sieht sie mich fragend an.

„Ganz einfach, dir kommt es ja nicht darauf an, mit welchem Zug du in den nächsten vierundzwanzig Stunden weiterfährst, oder?"

Sie schüttelt mit dem Kopf.

Dann holen wir jetzt dein Gepäck, du fährst dann mit mir nach Geltendorf, dort steht mein Auto und ich bringe dich von dort nach Augsburg zum Zug."

„Wo ist Augsburg?"

„Augsburg ist die nächste Station in Richtung Norden. Wir können bei mir vorbeifahren und im Internet nachsehen, wann in Augsburg der nächste Zug fährt. Das liegt auf dem Weg."

Ungläubig starrt sie mich an.

„Egal, ob die zwei uns jetzt abpassen und uns verfolgen, spätestens am Parkplatz in Geltendorf ist Endstation für sie."

„Du würdest das für mich machen?" Noch immer sieht sie mich entgeistert an. Als sie mir die Arme um den Hals legen will, schiebe ich sie sanft zurück.

„Wir sind am Hauptbahnhof, wir müssen raus hier!"

Der Versuch, sich unseren Blicken zu entziehen, misslingt den beiden Italienern, obwohl sie sich eilends hinter einem Verkaufsstand verstecken.

Sie nimmt ihren Koffer und eine Umhängetasche aus dem Schließfach. Auf der Rolltreppe zum S-Bahn-Bereich steht sie eine Treppe über mir. Sie beugt sich zu mir runter, legt einen Arm um mich und küsst mich. Wieder durchflutet mich diese wohlige Wärme, wieder spüre ich dieses angenehme Kribbeln im Bauch. Verrückt, denke ich. Und doch ist mir klar, es ist ja alles nur wegen der beiden Italiener, die irgendwo dort oben beobachten, wo unser Weg hinführt.

Dunkelheit saust am Fenster vorbei. Das Schneetreiben ist stärker geworden und nicht nur in den Bahnhöfen zu sehen. Der Verkehr auf den glatten Straßen ist wesentlich weniger und doch sehr viel langsamer geworden.

Auf der Fahrt erzählt sie mir von Florenz, von ihrem Studium, von der tollen Atmosphäre unter den Studenten, dass sie im Sommer abschließen wird und noch nicht weiß, was sie danach machen wird.

Als wir aussteigen, sehen wir die beiden wieder. Sie stehen in der offenen Tür der S-Bahn zwei Waggons hinter uns. Sie treten zurück, weil wir in ihre Richtung zur Treppe der Unterführung gehen müssen. Auf dem Weg zum Parkplatz sehen wir sie noch einmal unschlüssig auf dem Bahnsteig stehen.

„In ein paar Minuten sind wir bei mir, da sehen wir im Internet nach der nächsten Verbindung für dich."

Ich muss langsam fahren, es schneit immer noch und die Straße ist schneebedeckt, Räumfahrzeuge waren offensichtlich noch nicht unterwegs gewesen.

Sie sitzt schweigend neben mir.

Hat sie Angst, frage ich mich, schließlich bin ich ein fremder Mann, dem sie sich nun total ausgeliefert hat.

Trotz wohliger Wärme ziehen wir unsere Mäntel nicht aus, als ich den Computer hochfahre. Sie löst zwischendurch ihren Schal vom Hals und zieht ihre Mütze vom Kopf. Es ist ihr wohl doch zu warm. Ich spüre ihre beiden Hände auf meinem Rücken und ihren Atem ganz dicht an meiner Wange, als wir gemeinsam auf den Bildschirm sehen.

„23.30 Uhr, der letzte Zug heute. Das schaffen wir nicht mehr! Dann erst wieder morgen ab 5.11 Uhr. Da schau, der um 7.32 Uhr ist der schnellste. Den würde ich nehmen." Sie lächelt etwas verlegen. Ich drucke die Verbindungen aus.

„Du kannst, wenn du willst, hier schlafen und wir fahren morgen früh, aber wenn es dir lieber ist, bringe ich dich auch gleich nach Augsburg und du nimmst dir dort ein Zimmer."

Sie sieht mich mit ihren großen blauen Augen an.

„Darf ich bleiben?"

Ich zeige ihr das Gästezimmer und hole ihre Umhängetasche aus dem Auto. Ich bin froh, nicht mehr fahren zu müssen. Das Schneetreiben ist viel heftiger geworden und wesentlich stürmischer als vorhin noch.

Sie hat inzwischen ihren Mantel ausgezogen.

Ich mache Tee. Wir trinken am Herd im Stehen. „Ja, ich lebe allein hier in diesem großen Haus", erzähle ich ihr und dass ich geschieden bin und eine kleine Tochter habe, die ich alle vierzehn Tage am Wochenende bei mir habe.

Sie erzählt von Sandviken, von ihren Eltern, ihrem Bruder, von ihrem Zuhause in der Nähe von Stockholm.

Irgendwann versucht sie ein Gähnen zu unterdrücken. Sie legt mir die Arme um die Schultern und drückt sich gegen mich. „Gute Nacht!", sagt sie, „und danke für alles."

Ich zeige ihr das Bad und warte, bis sie in ihrem Zimmer verschwunden ist.

Lange liege ich wach. Verrückt, denke ich wieder. Ich bin berauscht, ich mag sie, ich bin aufgewühlt.

Irgendwann höre ich sie die Holztreppe zu meiner Schlafzimmergalerie heraufkommen. Ich bin schlaftrunken. Als sie neben dem Bett steht, hebe ich die Bettdecke, Sie schlüpft drunter.

„Ich habe kalte Füße!"

Ich spüre es. Ich spüre auch ihren Körper. Sie ist nackt. Ihr Kopf schmiegt sich in meine Armbeuge. Ihr fester Busen drückt sich kühl an meine Brust. Ich lege meinen Arm um sie. Sie dreht sich mir entgegen. Ich spüre ihren abgekühlten Körper an meinem. Eines ihrer Beine schiebt sich über meine. Ich fühle ihr Schamhaar an meinem Oberschenkel und ihre eiskalten Füße an meinen Waden. Meine Hand streichelt ihren Rücken entlang, ihre Haut fühlt sich sanft und makellos an, ihre Pobacken sind wohlgeformt und fest. Ich zittere innerlich.

In der Dunkelheit sehe ich ihre großen Augen, die mich intensiv anblicken. Ich spüre ihre Lippen auf meinem Mund. Ihre Zunge sucht meine. Ich erwidere ihre Innigkeit.

„Du wolltest, dass ich dich vor einem aufdringlichen Mann beschütze. Und jetzt?"

Sie sieht mich ernst an.

„Lass uns das einfach nicht vergessen", sage ich, „bleib hier heute Nacht, du fühlst dich wunderbar an und du tust mir gut. Aber lass uns behutsam sein, wir müssen ja nicht gleich miteinander schlafen."

Sie küsst mich, lange, intensiv und sehr zärtlich. Haut an Haut, Körper an Körper, Herzschlag an Herzschlag schlafen wir ein.

Ich hebe ihr den Koffer in den ICE. Sie beugt sich zu mir und küsst mich. Sie sagt nichts. Die Türen schließen, der Zug setzt sich in Bewegung. Ich hebe die Hand, winke, kann sie nicht erkennen hinter der getönten Scheibe, aber ich weiß, sie sieht mich.

Es ist ein eigenartiges Gefühl, eine Art Abschiedstraurigkeit, als wäre sie mir seit Jahren vertraut. Irgendwie presst sich etwas in meiner Brust zusammen. Ich könnte heulen. Ich gehe. Es ist Schnee auf dem Bahnsteig, viel Schnee, aber keine Italiener.

„Anne!", sage ich halblaut und gehe.

Die Landschaft saust am Fenster vorbei. In der S-Bahn ist es angenehm kühl, draußen flirrt die Hitze. Ich bin auf dem Weg nach München. Letzte Woche bekam ich eine Einladung zu einer Vernissage in der Hypo-Kunsthalle: „Liebesspuren" Performances, Bilder und Skulpturen junger avantgardistischer Künstler. Ich habe keine Ahnung, wieso ausgerechnet ich eine persönliche Einladung bekommen habe. Aber die Aufmachung der Einladung und natürlich das Thema hatten mich neugierig gemacht.

Beginn 18 Uhr. Ich weiß, ich bin zu spät, aber Eröffnungsansprachen interessieren mich nicht und auch das Buffet nicht. Ich mache mir lieber mein eigenes Bild von den Exponaten. Es sind überraschend viele Menschen da. Die

Männer in legeren, hellen Sommerhosen und leichten Jacketts, die Frauen, eher Damen, in leichten Sommerkleidern oder Kostümen. Irgendwie „Gönnergesellschaft". Nicht meine Welt!

Viele Werke sind gewöhnungsbedürftig. Gar nicht mein Geschmack. Derb manchmal und aus meiner Sicht oft gefühllos.

Ein kleiner Nebenraum überrascht dann doch. Fast unbemerkt! Ich bin der Einzige hier. Die Bilder sind zart, sanfte Pastelltöne, geschmeidige Formen.

In der Mitte des Raumes steht eine einzelne wundervolle Skulptur. Unaufdringlich, stimmig, aus Holz und Metall. Olivenholz, glatt, warm, körperlich, und Silber, fließend, glänzend, kühl.

„Begegnung in M. v. A. Nyberg, unverkäuflich".

Schade, denke ich. Ich bin hingerissen, fasziniert, ergriffen.

„Gefällt sie dir?"

Ich drehe mich um. Große blaue Augen sehen mich an.

„Anne!" Ihr blondes Haar, wie damals, groß, schlank, dunkle enge Jeans, eine weiße leicht transparente Bluse, die ihren BH darunter abzeichnet und der den Blick auf ihre festen Brustwarzen freigibt. Sie hält ein Glas Weißwein in der Hand.

Sie sieht mich an, lächelnd, musternd, schelmisch fast.

„Du bist gekommen!"

„Von dir?" Ich deute auf die Skulptur.

„Von mir!", bestätigt sie, umarmt mich und drückt ihre Wange an meine. Mein Herz schlägt zu laut, denke ich.

„Hast du mich eingeladen?"

Sie zuckt kurz mit den Schultern. Lächelt. Wissend!

„Was hast du all die Jahre gemacht?", frage ich vor Verlegenheit und Überraschung.

„Gewartet!", sagt sie und zuckt wieder kurz mit den Schultern.

„Gewartet?"

Sie antwortet nicht, nimmt meine Hand und zieht mich zum Ausgang.

„Wo schläfst du?"

„Keine Ahnung!", antwortet sie knapp.

„Und deine Sachen?"

„Im Schließfach!"

Ich habe mich nicht unter Kontrolle, mein Herz klopft, ich schwitze.

Wir gehen zur S-Bahn, Hand in Hand.

Die Landschaft saust am Fenster vorbei. Ich nehme nichts wahr, nicht die Menschen, nicht das Surren des Fahrtwindes und der Elektromotoren, nicht das Flirren der abendlichen Sommerhitze.

Wir schweigen. Sie hält meine Hand. Ihr Kopf lehnt an meiner Schulter, die ganze Fahrt, friedlich, atemlos, zerbrechlich.

Ihr Blick im Haus ist unsicher, prüfend vielleicht.

„Darf ich bleiben?", fragt sie.

Ich zucke kurz mit der Schulter.

„Wenn du willst, gerne!"

Dann zieht sie mich an sich und küsst mich zum ersten Mal in dieser schlaflosen Nacht.

Epilog:

Wie oft hat mich in den letzten Jahren die Erinnerung übermannt, mit Anne eine Nacht lang nackt im Bett gelegen zu haben. Wie oft war diese Erinnerung von Wehmut getränkt und dem Wunsch den Zauber dieser einen Nacht noch einmal erleben zu dürfen.

Nun liegt sie neben mir. Nackt wie damals. Ihr fester üppiger Körper strahlt die immer wieder ersehnte Wärme aus. Sie stützt sich auf die Ellenbogen, küsst mich, drückt ihren Busen gegen mich und schiebt wie damals ihr Bein zwischen meine Beine.

„Kein Italiener folgt mir heute!", sagt sie. „Und du musst mich auch nicht mehr beschützen!" Sie greift nach meinem steifen Penis, schiebt ihr Bein über meines und dirigiert ihre Schamlippen an meine Eichel. Mit leichtem Druck schiebt sie ihren Unterleib meinen Lenden entgegen und verschlingt meine steife Erregung in ihrer Lustquelle. Sie bleibt eine Weile genießend ruhig auf mir liegen. Wieder küsst sie mich. Dann setzt sie sich auf und beginnt sich langsam horizontal auf mir auf und ab zu bewegen. Ich sehe auf ihre imposanten Brüste, die sich dem Takt ihrer Bewegungen wippend anpassen. Ich sehe auf ihre festen Lenden, ihre kräftig muskulösen Schenkel, die das gepflegte Haardreieck über ihren Schamlippen umrahmen. Ich sehe in ihr zufrieden lächelndes Gesicht, das sich offenbar nicht schämt, sich der Lust an meiner Männlichkeit zu bedienen. Ich folge ihren Bewegungen nicht nur mit den Augen. Mit jedem Auf, mit jedem Ab lodert das Feuer in mir immer stärker auf, treibt wohl im Einklang mit ihrer Lust meine Glückshormone einem Höhepunkt entgegen. Anne nimmt mir meine Wehmut. Anne schenkt nicht nur sich den Zauber heute Nacht. Anne bleibt und mit ihr der Zauber in vielen Nächten.

Das Heiligenbild

Schon als junges Mädchen lief es mir heiß und kalt den Rücken runter, wenn am Ende der Christmette in der Kirche die Lampen gelöscht wurden und die Gemeinde nur im Kerzenlicht voller Inbrunst das „Stille Nacht, Heilige Nacht" intonierte. Die japanischen Trompeten unserer Kirchenorgel trugen ihr Übriges dazu bei.

Wenn ich auch längst der Kirche meinen Rücken zugekehrt habe, diese paar Minuten am Heiligen Abend möchte ich nicht missen. Der Besuch in einer der Christmetten möglichst gegen Ende des Gottesdienstes gehören deshalb zu meinem festen „Heilig-Abend-Traditionen".

Deshalb ist es wohl auch kein Wunder, dass ich hellhörig werde, wenn Erich, einer meiner Kommilitonen in launiger Runde vom seinem „Stille-Nacht-Heilige-Nacht-Hoping" spricht. Seit zwei Jahren habe ich mich an der Uni als Gaststudentin eingeschrieben, um nach meiner Trennung mit fast 40 Jahren endlich meiner Leidenschaft der Philosophie nachzugehen.

Erich ist gerne bereit, mir in einem kleinen Café in der Innenstadt, dieses „Stille-Nacht-Heilige-Nacht-Hoping" näher zu erklären.

„Wir machen am Heiligen Abend immer unsere Kirchenrunde in der Stadt!", erzählt er schmunzelnd. „Weißt du, ich informiere mich immer einen Tag vorher über die Anfangszeiten der Christmetten in den verschiedenen Kirchen. Um 21 Uhr geht es meist in der Johanneskirche los und dann im Halbstundentakt. Schlusslicht sind immer die Franziskaner. Dort gibt es dann auch immer noch einen Mitternachtsimbiss. Wir gehen immer davon aus, dass ca. 40 bis 45 Minuten nach Beginn das Schlusslied gesungen wird. Natürlich wird es manchmal etwas später, dann bekommen wir halt auch noch den Segen mit oder könnten sogar die Kommunion empfangen." Erich lacht.

„Wer ist wir?", frage ich.

„Meine Freundin Marion und ich. Marion ist ganz wild auf die Sause am Heiligen Abend. Es ist ja musikalisch auch in jeder Kirche anders. Da mit Orgel, dort mit Band, beim nächsten mit Orchester oder mit großem Chor. Zwischen den Gottesdiensten sind wir immer in ‚Harry´s Bar". Da treffen sich alle ‚Heilig-Abend-Muffel' der Stadt."

„Seid ihr da immer alleine unterwegs?"

„Bisher schon, aber wenn du Bock hast, komm doch einfach mit!"

„Gerne, aber hat deine Marion da nichts dagegen?"

Erich lacht wieder. „Ganz bestimmt nicht! Die freut sich sicher, wenn du mitkommst. Mensch, das wird sicher ein Riesenspaß!"

Wir treffen uns wirklich am 24. Um acht in Harry´s Bar. Marion ist umwerfend. Sie ist einen halben Kopf größer als Erich, hat einen schulterlangen brünetten Wuschelkopf und eine sagenhafte Figur. Ihre offene Art und ihr sympathisches Lachen verzichten von Vornherein auf ein fremdelndes Beschnuppern. Sofort ist mir klar, dass dies ein sehr amüsanter Abend werden würde.

Wir trinken Aperol-Spritz, bevor wir uns in die Johanniskirche aufmachen. Tatsächlich kommen wir gerade zum Segen dort an. Das Licht wird gelöscht und mehrstimmig setzen Chor und Orgel ein und nehmen das gläubige Kirchenvolk musikalisch mit in die „Stille Nacht, Heilige Nacht". Natürlich habe ich Gänsehaut. Knapp eine halbe Stunde später dasselbe Spiel in der Engelskirche. Diesmal mit einem kleinen Orchester und der Trompete als melodiegebendes Hauptinstrument. Überwältigend.

Kurze Zeit später sitzen wir wieder im ‚Harry`s'.

„Gänsehaut pur!", sage ich, „Ein wirklich geiles Gefühl, das dieses Lied da auslöst!"

Marion lacht. „Naja, mit geilem Gefühl und Kirche verbinde ich eine andere Vorstellung."

Erich grinst und ich sehe Marion fragend an.

„Weißt du, ich fände es schon mal richtig geil, mich nackt in eine Kirche zu setzen. Das macht mich schon anders an, wie dieses Lied."

„Lang würde sie da nicht sitzen. Das garantiere ich!", Erich sieht mich grinsend an, „war da nicht neulich was mit Sex in der Kirche und sogar anschließender Haft?"

Ich nicke. „Schon, aber der Herr kam nicht wegen des Kirchensex in Haft, sondern, weil er schon vorher ein polizeilich Gesuchter war!"

„Du meinst, Marion könnte sich spätestens nachher bei den Franziskanern ausziehen?"

Wir lachen alle drei.

„Der Abend wäre ganz sicher auch ganz schnell und nicht allzu unterhaltsam zu Ende, schätze ich mal." Marion mimt die Enttäuschte.

Ich sehe ihr in die Augen. „Was findest du denn so geil an dieser Vorstellung? Dass du dich nackt unter die Leute in der Kirche mischt oder findest du einfach deine Nacktheit in einer Kirche geil?"

„Es ist schon etwas von beidem. Allein einmal in einer Kirche nackt zu sein ist schon eine geile Sache, aber in meiner Fantasie sind da schon auch angezogene Menschen. Das macht es noch ein bisschen prickelnder. Ich hatte mal einen Freud, der wollte mich mal in einer Kirche nackt fotografieren. Es kam aber leider nicht dazu."

Wir trinken unser Bier aus und zahlen. Sankt Baptist wartet. Als wir die Kirche betreten, setzt gerade die Orgel ein. Diesmal singt nur das Volk. Wir bleiben nach dem Lied in der letzten Reihe sitzen und sehen zu, wie sich die Kirche leert.

„Wenn es nicht so kalt wäre, könnten wir uns ja in den Beichtstühlen verstecken, dann hätte Marion ihr richtig geiles Weihnachten!", flüstert Erich mir zu und muss es zu Marion gewandt wiederholen, weil sie ihn nicht verstanden hat. Sie beugt sich vor und sieht mich an.

„Findest du es pervers, wenn ich solche Fantasien habe?"

Ich lache und schüttele den Kopf. „Nein, überhaupt nicht, ganz im Gegenteil, ich kann mir das gut vorstellen." Vorgebeugt, sehe ich die beiden an. „Im Ernst, wollen wir das machen?"

„Wie meinst du? Hier? Jetzt?" Marion bekommt ganz große Augen.

„Nein, lasst uns rausgehen, ich habe da eine Idee."

Auf dem Kirchenvorplatz steht Marion mit fragendem Gesicht vor mir.

„Kennt ihr das Marienkircherl am Jufen?", frage ich.

Marion schüttelt den Kopf, aber Erich nickt.

„Da ist jetzt ganz bestimmt niemand und wenn du so geil drauf bist, dann lass uns doch dort hinfahren. Meine Tante schaut dort immer nach dem Rechten. Ich weiß, wo der Schlüssel liegt. Wenn du also nicht auf eine Riesenkirche bestehst, zwei kleine und einen großen Altar gibt es dort auch. Und wenn dir die Anwesenheit von uns beiden reicht, dann können wir gerne hinfahren."

Marion sieht mich ungläubig an. „Ist das dein Ernst?"

„Klar, wir gehen jetzt zu mir, holen das Auto und wenn du willst meine Spiegelreflexkamera, dann sind wir zwanzig Minuten dort."

„Echt, du würdest dabei mitmachen!" Marion scheint etwas aus der Fassung zu geraten, weil sie von mir wohl nicht erwartet hätte, dass ich für so eine Freizügigkeit zu haben sein könnte.

„Nur weil ich keinen Freund habe, bin ich noch lange kein unerotischer Stockfisch. Und geile Fantasien habe ich auch und deine sind nicht ohne Wirkung."

Erich pfeift durch die Lippen. „Fragt mich mal auch jemand?"

„Nö!", sagt Marion, „dich lassen wir in ‚Harry's Bar'!"

„Das könnte euch so passen! Zwei geile Frauen und ich soll mir einen Rausch ansaufen. Kommt nicht in Frage. Mit mir oder gar nicht!"

Lachend machen wir uns auf den Weg.

Es ist nicht ganz einfach, die Serpentinen am Jufen hochzufahren. Die Forststraße ist zwar frei, allerdings ist sie unbeleuchtet und in den Kurven sehr eng und mein kleiner Micra ist nicht unbedingt das optimale Auto für diese abenteuerliche Nachttour.

Marion steht bewundernd vor der Marienkapelle. „So groß habe ich sie mir gar nicht vorgestellt!"

Der Schlüssel liegt im Versteck hinter der Kirche. Wir treten ein. Das kleine flackernde Kerzenlicht im roten Glas bewegt die Dunkelheit mit Schattenspielen an Decke und Wänden. Ich suche nach dem Lichtschalter. Die Energiesparlampen fahren erst nach und nach ihre Leuchtkraft hoch. Wir stehen zu dritt hinter der letzten von fünf in der Mitte geteilten Bankreihen. Der barocke in Dunkelrot und Gold gehaltene Altar wird von einer großen Marienfigur dominiert, die eine Königin mit Krone, Zepter und Jesuskind darstellt. Der eine der beiden kleinen Seitenaltäre ist wohl der heiligen Anna gewidmet der andere der heiligen Elisabeth.

Ich sehe die beiden neben mir an. Erich nickt anerkennend, Marions Gesicht strahlt.

„Komm!", sagt Erich und fasst mich am Arm. Er führt mich zur mittleren Bank. Wir setzen uns. Ich lege die Kamera auf die Kirchenbank. Erich nimmt sein Smartphone, tippt einige Male, dann erklingt Musik. „The Power of Love"

Marion kommt von hinten nach vorne zum Altar. Ihren Mantel hat sie über die letzte Bank gelegt. Mit dem Rücken zu uns gewandt beginnt sie nach der Musik zu tanzen. Offenbar hat sie ihre Bluse aufgeknöpft und lässt sie langsam über die Schulter gleiten. Sie schlüpft aus den Ärmeln ihres Hemdchens und rollte es an den Bund ihrer Jeans. Ihre Finger suchen den Verschluss ihres schwarzen

BHs, den sie wie vorher ihre Bluse den drei Stufen des Altars überlässt. Während sie sich tanzend umdreht zieht sie ihr Hemdchen über den Kopf und gesellt es zu den beiden anderen Wäschestücken. Nun präsentiert sie uns ihren formschönen Busen, der in seiner Größe ideal zu ihrem Oberkörper passt und ihrer Taille einen zusätzlichen zarten Hauch verleiht. Ihre Finger sind an den Knöpfen ihrer Jeans. Sie öffnet sie und stülpt den Bund ein wenig nach unten. Ihr schwarzer Slip ist sichtbar. Sie entledigt sich ihrer Stiefel, indem sie die Ferse an ihren Oberschenkel hebt. Sie langt mit der Hand nach hinten, um den Reisverschluss am Stiefel zu öffnen. Dabei reckt sie ihre beiden Brüste so kräftig nach vorne, dass die offensichtlich harten Brustwarzen steil nach oben hüpfen. Lässig streift sie erst den rechten Stiefel ab und wiederholt das Spiel mit dem linken Stiefel. Die Musik wird immer wieder vom Klicken des Auslösers meiner Kamera übertönt. Marion steht nun ruhig vor der Marienkönigin. Langsam schiebt sie ihre Jeans über ihre Hüften und weiter ihre Oberschenkel entlang. Sie steigt aus der Jeans, hebt sie auf und legt sie über die erste Sitzbank. Auch die grauen Socken zieht sie von ihren Füssen. Nur mit ihrem Tanga bekleidet, beginnt sie sich nun wieder im Rhythmus der Musik zu bewegen. Und als das Lied zu Ende ist, positioniert sie sich völlig nackt in der Haltung der Königsfigur direkt vor dem Altar. Diesmal hallt nur das Klicken des Auslösers durch das Kirchenschiff.

Erich steht auf. Er geht zu ihr vor. Ich fotografiere die beiden. Ihn angezogen von hinten, sie nackt von vorne. Auch

144

ohne Stiefel hat sie sehr lange schlanke Beine, ihre leicht rosa schimmernde Spalte versteckt sich unter dem haarlosen Venushügel, ihr Bauch und ihre Hüften haben kein Gramm zu viel und schimmern im selben leicht braunen Teint, den bereits ihr nackter Oberkörper offenbart hat. Erich dreht sich um, reicht ihr die Hand, geleitet sie die Stufen herab. Ich knipse. Sie sitzen nebeneinander in der Kirchenbank, sie nackt, er bekleidet. Einmal von hinten, einmal von vorne. Ich drücke immer wieder auf den Auslöser.

„Geh du zu ihr!" Erich nimmt mir die Kamera ab. Ich setze mich neben Marion. Ich kann nicht umhin, ihre nackte Haut zu berühren. Sie lächelt. Ich streichle sie erst an ihren Schenkeln. Sie greift nach meiner Hand, führt sie über ihren Bauch hinauf zu ihren Brüsten. Ihre Nippel sind steinhart. Ein leichter Schauer überkommt sie, als ich meine kalte Hand über ihre Brust lege und sie sanft zu massieren beginne. Immer wieder höre ich das laute Klicken der Kamera. Auch Erich scheint gefallen an dem Spiel zu finden.

„Das ist absolut geil!", flüstert sie, „wirklich geil! Komm fühl mal!" Sie führt meine Hand an ihre Spalte. Ein leichter Druck reicht und zwei meiner Finger flutschen zwischen ihren Schamlippen in ihr Allerheiligstes.

„Woaw!", entfährt es ihr und wieder klickt die Kamera.

Ich löse mich aus ihr. Der süße Duft ihrer Lust steigt mir in die Nase. Sie greift nach meiner Hand, führt die beiden vorwitzigen Finger zu ihrem Mund und schleckt ihren Nektar ab. Sie genießt. Ich stehe auf. Stelle mich vor sie. Klicken. Sie stellt die Beine leicht auseinander. Klicken. Sie hebt ihre Hände, ihr Gesicht, sieht zu mir empor. Klicken. Erich weiß uns wohl ins Bild zu setzen. Ich nehme Marion bei der Hand und ziehe sie zu mir nach oben.

„Lass uns noch ein paar besondere Bilder machen! Komm, setz dich hier auf die Altarstufen. Öffne deine Schenkel leicht und sieh noch einmal mit den erhobenen Händen zu mir hoch."

Ich positioniere mich etwas seitlich von Marion, sodass Erich sie in voller Pracht in Bild hat. Über der Nackten, die mit erhobenem Blick ihre pralle Brust und ihre lustvolle Blüte präsentiert, schwebt die königliche Göttin. Neben ihr betrachtet die verhüllte Ungläubige die himmlisch nackte Schöpfung.

An beiden Händen ziehe ich Marion in den Stand.

„Stell dich bitte hier mit dem einen Bein auf die obere Stufe und dem anderen Bein auf die Stufe darunter. Spreiz die Beine leicht. Lass uns etwas sehen von deiner Lust. Leg bitte beide Hände auf deinen Hinterkopf. Ja, so ist es richtig".

„Man beachte die weihnachtlichen Glocken!" Sie lacht und bewegt ihren Oberkörper so, dass ihre Brüste ihren Scherz eindrucksvoll unterstreichen.

Erich drückt wieder auf den Auslöser. Ich gehe zu ihm, nehme ihm die Kamera ab.

„Bitte knie dich seitlich auf die untere Stufe und sie zu ihr nach oben." Ein tolles Bild. Die Königin, die Nackte, der bedeckte Demütige. Mein Finger drückt immer und immer wieder auf den Auslöser. Von allen Seiten halte ich diese Pose fest. Göttlich!

Marion beginnt sich wieder anzuziehen. Ich merke, dass sie leicht zittert, als sie in ihren Slip schlüpft. Natürlich, es ist ja auch kalt hier in der Kapelle. Mag sein, dass es ihre lustvolle Geilheit war, die ihr das frösteln verbot, jetzt jedenfalls sind ihre Brüste von Gänsehaut überzogen und die Härte ihrer Nippel sind zumindest teilweise der Kälte geschuldet. Ihr schwarzer BH verspricht den beiden gänsehautbedeckten Bällchen wohl den ersten kleinen Wärmeschub.

Als Marion angezogen ist, lösche ich das Licht, schließe die Türe wieder ab und lege den Schlüssel wieder zurück in das Versteck.

„Kommst du noch mit zu uns?" Marion sieht vom Beifahrersitz zu mir herüber, als ich langsam den Forstweg wieder nach unten fahre.

„Lass uns doch zuerst noch zu den Franziskanern gehen?", schlage ich vor.

„Stille Nacht, heilige Nacht!" mit großem Orchester bereits nach Mitternacht.

Als wir anschließend bei warmer Suppe mit anderen Gläubigen am nächtlichen Buffet bei den Franziskanern stehen fragt Marion: „Sag mal, meinst du wir könnten so einen nächtlichen Ausflug auch mal im Sommer machen? Da wäre es wärmer und ich müsste vielleicht nicht alleine so ganz ohne sein? Da könnte dann doch etwas mehr abgehen, oder?" Sie zwinkert mit den Augen.

Ich hebe zusagend schmunzelnd die Schulter noch nicht wissend, dass diese Nacht Marions Kelch und Erichs göttlicher Zepter mir noch köstliches Vergnügen bescheren sollten. Was für eine heilige Nacht!

Epilog:

Ein paar Tage vor jenem Weihnachtsfest hätte ich noch abwehrend gelacht, wenn man mir gesagt hätte, ich würde mich mit einem Pärchen auf hemmungslosen Sex einlassen. Aber diese Nacht mit dem unfassbaren Vorspiel im Marienkircherl hat mich elektrisiert. Die Selbstverständlichkeit, mit der Marion mir ihre Nacktheit präsentiert hat, hat in mir einen Kick ausgelöst, dass ich selbst bei den Franziskanern in der Mette immer das Bild ihrer schaukelnden Brüste vor mir sah, ihrer nackten Schenkel, die sie bereitwillig meinen Händen überlassen hat, um mit meinen Fingern in ihre geile Lust eintauchen zu können. Zwangsläufig kribbelte es auch zwischen meinen Schenkeln und in Gedanken waren meine Finger längst an meiner Pforte um mich der eigenen Quelle zu bedienen.

Wie hätte ich die Einladung ablehnen können, die sie mir vor der Haustüre machten. Wie hätte ich Marions ersten Kuss hinter der Wohnungstüre nicht erwidern können. Wie hätte ich meinen Augen den Blick auf den sich entkleidenden Erich verbieten sollen, ihren Händen unter meinem Pullover Einhalt gebieten sollen? Meine Lust war ungezügelt an diesem Abend und schöner wie mit Marion und Erich in einen Taumel der Hemmungslosigkeit zu schweben, hätte ich mir den Weihnachtsabend nicht erträumen können.

Als ich Mitte Januar wieder eine geile Nacht mit Marion und Erich in ihrem Bett verbringe, hängt über dem Bett in Postergröße das goldgerahmte Bild „Die Königin, die Nackte und der bedeckte Demütige".

Weihnachtskringel

Ich küsse ihn, steige aus dem Bett, schlüpfe in meinen Slip und streife mir den BH über. Er sieht mir lächelnd zu, als ich mir den Pullover über den Kopf ziehe und in meine Jeans steige. „Du kannst wirklich dableiben, ehrlich!"

„Ich weiß!" Ich beuge mich über ihn und küsse ihn noch einmal. „Du schläfst ja doch nicht, wenn ich bleibe und der Tag wird morgen hart für dich. Schlaf du dich mal richtig aus, ich komme morgen zum Stand." Ich ziehe mir meinen Mantel über, schlüpfe in meine Boots, winke ihm noch einmal kurz zu und husche aus dem Wohnmobil hinaus in die klare Nacht. Es ist kalt. Ich ziehe mir die Mütze in die Stirn, knöpfe den oberen Mantelknopf zu und laufe durch die menschenleeren Gassen.
„Hoffentlich bleibt das Wetter so schön winterlich bis zum Heiligen Abend nächste Woche!", denke ich.

Eva und ich waren als Kinder unzertrennlich. Wir lebten in derselben Straße, kamen zusammen in den Kindergarten und in die Schule und natürlich waren wir in derselben Ballettschule und später im selben Fitnessstudio. Wie gesagt, wir waren unzertrennlich und es gab sogar Leute, die uns für Schwestern hielten, weil wir uns - beide blondgerne mit ähnlichen Frisuren schmückten. Nach dem Abitur, zog Eva zu ihrer Oma in diese bayerische Kleinstadt, weil sie in München einen Studienplatz bekommen hatte.

Wir haben uns aber nicht aus den Augen verloren und besuchen uns regelmäßig mehrmals im Jahr. Ich blieb damals in Frankfurt und habe im September meine Ausbildung als Goldschmiedin beendet. Im Januar beginne ich bei einem ziemlich hippen Juwelier in der Nähe von Frankfurt.

Die drei Wochen Resturlaub jetzt vor Weihnachten verbringe ich bei Eva. Sie hat mir ein kleines Ferien-Appartement besorgt, weil die Wohnverhältnisse bei ihrer Oma sehr beengt sind.

Kaum angekommen hat Eva mich zusammen mit ihrer Oma auf den Christkindlmarkt in mitten dieser Stadt geschleppt. Trotz meiner Müdigkeit habe ich mich nicht dagegen gewehrt, weil ich auch sehr hungrig war und Eva mir versprach, dass es dort auf dem Markt etwas ganz Besonderes gegen meinen Hunger gäbe. Sie sollte recht behalten. Dieser Weihnachtmarkt besticht in einem besonders romantischen Flair. Eingebettet zwischen einer riesigen Kirche und hohen alten Bürgerhäusern verströmen die bunt beleuchteten kleinen Holzbuden eine sehr heimelige Stimmung. Es duftet nach Glühwein und Punsch, nach Bratwurst und gebrannten Mandeln und über den Hütten schwebt klingend in erstaunlich angepasster Lautstärke das übliche Potpourri an Weihnachtsliedern. Die Menschen zwischen der Buden wirken alle sehr unaufgeregt und gelassen. Ein bisschen scheint es fast zum Alltag dieser Leute zu gehören, die Adventstage hier auf dem Markt ausklingen zu lassen.

Eva führt ihre Oma und mich zur besagten kulinarischen Hütte. Und diese Hütte ist wirklich eine Überraschung, denn das Angebot hatte ich auf einem Weihnachtsmarkt nicht erwartet. Es steht unter dem Zeichen der Kartoffel! Ofenkartoffel mit Dips, Kartoffelbrot, Bratkartoffeln und als besondere Spezialität: frittierte Kartoffelspiralen. Die scheinen auch der Renner hier auf dem Markt zu sein, wie die ansehnliche Warteschlange vor der Bude beweist. Die ältere Frau und der sehr attraktive junge Mann hinter dem Tresen haben alle Hände voll zu tun, um die Nachfrage zu bedienen. Die Frau an der Fritteuse hat Schweißperlen auf der Stirn und kommt kaum nach eine Kartoffelspirale nach dem anderen aus dem heißen Fett zu nehmen und sie an die Kunden weiterzureichen. Obwohl Eva mir diese Kartoffelspirale wärmstens empfiehlt, entscheide ich mich für Bratkartoffeln mit Zwiebeln und Speck. Wo bitte bekommst du heute noch so ein Angebot. Der attraktive junge Mann, bedient mich und zwinkert mir zu.

„Na endlich zeigt mal jemand guten Geschmack und erkennt, dass es auch noch anderes als diese Kartoffelspiralen bei uns gibt!", sagt er als er mir den Teller mit den Bratkartoffeln rausreicht.

Ich muss fast laut loslachen, als ich während ich meine köstlichen Bratkartoffeln, die auch noch mit einem Schlag Kräuterquark garniert sind, verspeise und dabei die Frau bei ihrer Arbeit zusehen und vor allem zuhöre. Immer wieder, wenn sie eine neue Kartoffelspirale einem Kunden aus der Hütte reicht, tut sie das mit den Worten: „Hier bitte, ihre Spirale!" Und einige Male fügt sie noch die Anrede „Gnädige Frau!" dazu.

Auch Eva muss lachen, als ich sie auf diese etwas sehr zweideutige Verkaufsfloskel hinweise.

Der junge Mann scheint uns zu beobachten, sieht immer mal wieder zu mir rüber und hält sofort, als ich meinen leergegessenen Teller zurückbringe, mit seiner Arbeit ein und nimmt mir den Teller und das Besteck ab.

„Hat es geschmeckt?", fragt er und sieht mich mit einem umwerfenden Lächeln an, das mich ein wenig aus der Fassung bringt.

„Köstlich!", entfährt es mir, „wirklich köstlich."

Mein Versuch, den jungen Mann in ein Gespräch zu verwickeln ist nicht nur dem Gedanken geschuldet, diese Frau auf die Zweideutigkeit ihrer Freundlichkeit hinzuweisen. Und tatsächlich, beugt er sich lächelnd zu mir nach vorne, um mich besser zu verstehen.

„Meinst du nicht, der Satz deiner Kollegin ist etwas deplatziert?"

Er sieht zu ihr hinüber und sagt „Meine Mutter! Sie ist meine Mutter!"

Und als hätten wir uns abgesprochen sagt seine Mutter im selben Augenblick wieder:

„Hier bitte, gnädige Frau, ihre Spirale!" und reicht den Stab mit der aufgedrehten Kartoffel einer etwa sechzigjährigen Frau.

Er sieht mich mit großen Augen an und fängt dann auch an zu lachen.

„Stimmt, klingt ein bisschen eigenartig, vor allem bei Damen in diesem Alter!"

Ich sehe ihn zwar lachend, aber etwas schief an. „Ganz ehrlich, auch in meinem Alter möchte ich mir meine Spirale nicht aus einer Weihnachtsmarktbude reichen lassen!"

Mir scheint, er wird ein bisschen rot, kann aber dann auch herzhaft lachen.

„Was soll sie denn sonst sagen? Es sind nun mal Kartoffelspiralen!"

„Stimmt, entweder sie sagt die Kartoffel dazu oder ihr müsst euch einen anderen Namen überlegen."

„Einen anderen Namen? Welchen Namen kannst du einer Kartoffelspirale denn geben?"

Mit seinem verzaubernden Lächeln sieht er mich fragend an.

„Na, wenn schon Spiralkartoffel oder zum Beispiel: ‚Kartoffelkringel' oder viel besser noch ‚Weihnachtskringel'!", schlage ich vor.

Er sieht mich entgeistert an. Dann sagt er:

„Du bist süß! Ab morgen gibt es bei uns ‚Weihnachtskringel'! Versprochen!"

Und tatsächlich, als Eva und ich am Vormittag des folgenden Tages nach einem Stadtbummel über den noch geschlossenen Weihnachtsmarkt auf ein kleines Café hinter den Buden zusteuern, ist der nette junge Mann gerade dabei, die Tafel an seinem Verkaufswagen neu zu beschriften.

An erster Stelle steht zu lesen: ‚Unsere Kartoffelspezialität:' und dann in großen Lettern ‚Weihnachtskringel'.

Wir bleiben stehen. Der junge Mann dreht sich um, grinst und fragt dann: „Zufrieden?"

Wir lachen und nicken ihm anerkennend zu.

Zehn Minuten später steht er an unserem Tisch in dem kleinen Café.

„Darf ich?", fragt er und zeigt auf den leeren Stuhl.

„Klar, nur zu!" Eva bietet ihm den Platz an.

„Ich bin übrigens der Ben!", stellt er sich vor und gibt uns die Hand.

„Meiner Mutter war das sehr peinlich, als ich ihr gestern Abend gesagt habe, wie das klingt, was sie da zu ihren

Kundinnen sagt. Und sie ist dir sehr dankbar für deine Idee. Zwar können wir die Weihnachtskringel nur auf dem Christkindlmarkt hier verkaufen, aber unser Brainstorming gestern Abend hat für die anderen Märkte auch schon die Frühlingsspindel, den Sommerwendel und den Herbstkreisel kreiert." Er lacht und sieht mir dabei strahlend in die Augen.

„Die Spirale ist damit also begraben?" Ich halte seinem zauberhaften Blick stand.

„So ist es!" Er bestellt sich auch einen Cappuccino plaudert mit uns über seinen Job hier auf dem Markt. Er ist aus Aschaffenburg, hat ein kleines Architekturbüro und unterstützt seine Mutter ab und zu auf den Märkten.

„Es ist ein richtiger Knochenjob. Aber für meine Mutter und meinen Vater war das ihr Leben! Mein Vater ist vor drei Jahren gestorben und sie will damit nicht aufhören. Naja, solange sie noch kann unterstütze ich sie halt ein bisschen."

„Lohnt es sich denn?"

„Lohnen? Na klar. Es ist richtig lukrativ. Vier fünf Märkte im Jahr reichen ihr locker zum Leben. Und der Markt hier ist sowieso das absolute Highlight. Wenn wir noch jemanden fänden, der mitarbeitet, wäre wohl noch einmal so viel Umsatz möglich. Aber um diese Zeit findest du ja keine Saisonarbeiter."

Er stutzt, als Eva mich fragend ansieht.

„Hast du nicht Lust in einer Weihnachtsbude zu helfen?" Eva grinst. „Ich kann nicht, ich habe noch Vorlesungen bis zum 20."

Er sieht mich an. „Ernsthaft? Bist du arbeitslos?"

„Nein", lache ich, „arbeitslos bin ich nicht, aber im Moment habe ich wirklich Zeit. Ob ich aber jeden Abend bis in die Nacht auf dem Markt stehen möchte, ist eine andere Frage."

„Erstens muss es ja nicht jeden Abend sein. Und bis in die Nacht schon gar nicht. Von vier Uhr nachmittags bis so etwa halb neun. Ist doch keine schlechte Arbeitszeit, oder? Und gut bezahlt ist der Job auch."

Noch am gleichen Abend stehe ich mit Ben und seiner Mutter im Verkaufswagen und ziehe die Weihnachtskringel auf die langen Holzstäbe auf.

In diesem Kartoffelwagen ist es zum einen schön warm, zum anderen aber auch sehr eng. Und es ist ein wunderbares Gefühl, wenn Ben sich an mir vorbei drängt, um Kunden Bratkartoffeln und Ofenkartoffeln zu reichen oder das Geschirr zurück zu nehmen und Pfand auszuzahlen. Anfangs hat er noch versucht, sich noch schlanker zu machen, als er eh schon ist.

Aber in der Hektik ist es unausweichlich, plötzlich drückt er mich zwei Teller in der Hand mit seinem Hintern fest gegen die Anrichte. Er reicht den Kunden die Teller, wünscht ‚Guten Appetit' und dreht sich sofort zu mir um.

„Es tut mir leid, entschuldige, das war…" ich lege ihm meinen Zeigefinger auf die Lippen. „…sehr schön!", ergänze ich seinen Satz. Denn eigentlich habe ich längst drauf gewartet, ihn zu spüren. Denn die jede seiner noch so kleinen Berührungen jagen mir jedes Mal einen Schauer durch meinen Körper. Er lächelt und dann legt er mir die Hand auf die Schulter, kommt ganz nahe an mein Ohr und flüstert: „Du bist süß!"

Der Bann ist gebrochen. Und nun gibt es kein angestrengtes Ausweichen mehr. Es fühlt sich gut an, auch wenn es ab und zu auch seine Mutter ist, die sich an mich drückt, wenn sie die nächste Ladung der Weihnachtskringel in die Fritteuse steckt. Nach vier Stunden ist Schluss. Jetzt ist Aufräumen angesagt. Routiniert reinigen die beiden die Kochstellen, während ich mich der Tellerwäsche widme.

„Wartest du? Ich bring bloß Mama mit dem Geld schnell rüber ins Hotel und dann mach ich hier dicht."

Keine fünf Minuten später ist Ben zurück.

„Hier dein Lohn für heute!" Ben drückt mir 150 Euro in die Hand.

„So viel?" Ich sehe ihn erstaunt an.

„Mama sagt du bist eine große Hilfe. Aber ganz ehrlich, mir muss sie mehr zahlen!" Er lacht.

Wir gehen auf einen Absacker in eine kleine Bar am Eck des Weihnachtsmarktes. Es sind nur zehn Schritte, doch Benn fasst mich bei der Hand. Vor der Bar bleibt er stehen, er sieht mich an, lächelt und dann küsst er mich.

Als wir nach langem Gespräch und einigen Küssen fast drei Stunden später auf die Straße treten, merke ich den Wein.

„Ich bring dich heim!", bietet Ben mir an.

„Brauchst du nicht, ich habe es nicht weit. Du kannst gerne gleich rüber ins Hotel gehen."

Er lacht. „Kommt nicht in Frage, ich lass dich doch nicht allein durch die Nacht laufen. Und ich wohn nicht im Hotel."

„Nicht?" Ich stutze.

„Ich habe mein eigenes Hotel dabei! Steht auf der anderen Seite vom Fluss. Ein kleines Wohnmobil!"

„Ja dann haben wir ja fast denselben Weg!"

Es fühlt sich herrlich an, als er mich vor dem Haus meines Appartements in den Arm nimmt. Wir küssen uns, unsere Lippen bleiben nicht geschlossen und seine Hände verharren nicht auf meinem Mantelstoff. Es ist nicht nur der Alkohol, der mir die Sinne raubt.

Es ist nach Mitternacht, als er fragt, ob ich morgen wiederkäme?

Ich nicke, küsse ihn und husche dann ins Haus. An Schlaf ist später nicht zu denken. Die Bilder meiner Fantasie sind schöner wie jeder Traum.

Heute habe ich das vierte Mal 150 Euro in Empfang genommen. Ben und ich sind nicht in die Bar gegangen und er hat mich auch nicht heimgebracht. Ich stehe mit ihm auf dem großen Parkplatz. Ich weiß nicht, ob es nur die Kälte ist, die mich zittern lässt, als er die Türe des kleinen Wohnmobils aufschließt. Es ist warm in diesem kleinen Wohnbereich, aber es ist noch viel enger als im Verkaufswagen.

„Solange du stehst ist es hier noch enger als im Laden!" Ben grinst und versucht mir ziemlich linkisch den Mantel abzunehmen.

„Vergiss den Gentleman!", sage ich und ziehe meinen Mantel selbst aus. Er sieht mir lächeln dabei zu. Ich gebe ihm einen Schubs und er kippt rücklings auf das wagenbreite Bett. Noch bevor er sich wieder aufrappeln kann, lass ich mich auf ihn fallen, fasse mit beiden Händen seinen Kopf und suche mit meinen Lippen und meiner Zunge seinem Mund. Auch wenn wir nicht allzu lange brauchen, uns aus unseren Kleidern zu pellen, die sich zu einem Stoffberg im Mittelgang zusammengefunden haben und mit meinem BH und meinem Slip eine Krone aufgesetzt bekommen haben, lässt sich Ben sehr viel Zeit, meinen ungeduldigen Körper zu entdecken. Zuerst spüre ich seine Hände nur auf meinen Lenden, dann drückt er mich auf das Bett, liegt auf den Ellenbogen gestützt neben mir, sieht mich mit seinen warmen dunklen Augen an und beginnt dann mit den Fingern einen zärtlichen Spaziergang über meinen liebeshungrigen Körper. Samtpfötchen gleich krabbeln sie über meinen Bauch und erklimmen unendlich zärtlich meine linke Brust. Sachte legt sich seine Handfläche auf meinen Hügel, zwei Finger greifen nach meiner Brustwarze, umspielen den Hof und zwirbeln den Nippel, der sich sofort zum entdeckten Goldnugget verwandelt. Wieder ist da sein verzauberndes Lächeln. Seine Hand erklimmt den zweiten Hügel und fügt seinem Schatz ein zweites steinhartes Nugget zu. Wie eine Welle durchflutet mich das Spiel seiner Finger. Als hätte er einen Buzzer betätigt, spielt mein lang verwaistes Liebesschloss verrückt. Ich merke, dass die sanfteste Berührung meiner Schenkel die Hemmungslosigkeit meines Zustandes verraten würde. Er senkt seinen Kopf, küsst mich. Seine Zunge drängt sich zwischen meine Lippen und an meiner Hüfte spüre ich seine Männlichkeit, als hätte sie sich mit meinen Nippeln in einen Wettstreit der Härte begeben. Seine Finger krabbeln über meinen Bauch, tanzen um meinen Nabel und streicheln über meinen haarlosen Venushügel. Er klopft nicht an, an der erwartungsvollen Pforte meiner Lust. Links und rechts streichen seine Finger in die Schenkelkehlen meiner Hüften. Ich platzte fast vor Ungeduld und Lust. Er aber reizt mich. Obwohl meine Schenkel fast von alleine meine Bereitwilligkeit darbieten und mein Allerheiligstes freigeben, verbleiben seine sanften Finger an den Innenseiten meiner Schenkel: erst links, dann rechts. Mein Körper zittert. Ich halte still. Wärme durchflutet mich. Ich will nicht drängeln, ich warte, leide voller Sehnsucht. Endlich! Seine flache Hand legt sich sanft auf meinen Lusthügel. Seine Finger drücken behutsam gegen meine willenlosen Labien. Zögernd sachte und langsam erhöht er den Druck. Ich weiß, lange kann ich nicht standhalten, zu weit ist sein zärtliches Spiel schon fortgeschritten, zu lange schon ist die Quelle meiner Leidenschaft geweckt, sucht sprudelnd nach Erfüllung. Ich zwinge mich, seinem Druck nicht zuvorzukommen. Doch der Damm bricht. Seine Finger durchbrechen das Tor, tauchen ein in die Flut, ohne in die Höhle vorzudringen. Mir entfährt ein Seufzer der Erleichterung. Seine Finger schwimmen zwischen den Lippen meiner Spalte, lösen ein wirbelndes Chaos in meinen Sinnen aus. Ich könnte verrückt werden. Gierig mich nach mehr sehnend, wünsche ich ein ewiges Verweilen seiner Zärtlichkeit am Rande meiner ungezügelten Lüsternheit. Er stillt sie nicht meine Ungezügeltheit, er entdeckt mich, Stück für Stück, immer wieder. Seine Zärtlichkeit nimmt sich Zeit. Wie ein zappelnder Fisch hänge ich an seiner Angel, die keine einzige Schuppe unbeachtet lässt. Er streichelt meine Brüste, küsst meine Vulva, krabbelt über meinen Rücken und klopft sanft auf meinen Po. Unendlich fühlt sich das Spiel am Kamm einer riesigen orgastischen Welle an. Ich möchte platzen, möchte abstürzen in die gewaltige Flut und mich hemmungslos treiben lassen in einer ungebremsten Zügellosigkeit und doch genieße ich die erregende Spannung am Wellenkamm meiner Lust.

Da endlich! Sanft drückt er meine Schenkel auseinander. Langsam senkt sich sein sehniger Körper auf meinen Leib. Ich spüre seinen Atem im Gesicht. Diesmal ist es sein Glied, das an meiner Grotte anklopft. Behutsam und sachte sucht es sich den Weg zwischen meine Schamlippen, die es jubelnd umschließen. Seine Augen suchen fragend meine Zustimmung. Nein, da ist kein Schmerz, da ist nur das sehnsüchtige Warten und die Zufriedenheit mit jedem Millimeter vorwärts mehr Erfüllung zu spüren. Es fühlt sich einfach nur paradiesisch an ihn Stück für Stück in mir aufzunehmen. Er dringt tief in mich ein. Ich schwebe. Sein Rhythmus gleicht einer Schiffschaukel, sein Vordringen hebt mich in die Lüfte, lässt mich einen Moment am Anschlag stillstehen, um anschließend hinunterzugleiten und mit neuem Schwung mich wieder sanft in die Höhe treiben zu lassen. Mein Leib surft über Megawellen, mein Geist dreht sich im Karussell, mein Herz schlägt Purzelbäume und meine Ohren sind betäubt vom hohen Lied der Liebe. Ben, tönt es in mir. Lass mich ewig weiter schweben. Ja wir gleiten durch die Nacht. Treiben dem Überschlag zu und dann nimmt er mich mit. In rasender Geschwindigkeit jagen wir auf den Orgasmus zu.

Ich schreie. Er stöhnt. Ich spüre die zuckenden Stöße seiner Eichel an meinem Muttermund. Wehrlos ergebe ich mich dem Autopiloten meines Körpers. Zitternd, zappelnd und völlig losgelöst bricht der Tsunami eines Orgasmus über mich herein. Ich spüre sein mich füllendes Glied in mir. Ben drückt mich gegen das Bett. Ich möchte mich befreien, er lässt es nicht zu. Ich schreie all meine Lust, meine Kraft und meine Gewalt einfach hinaus. Wie vom Sturm gepackt, beutelt mich die orgastische Flut von oben bis unten. Ich japse nach Luft, suche imaginären Halt und lasse mich doch fallen. Ohne wirklich aufzuschlagen, liege ich schwer atmend in seinen Armen. Tränen laufen mir rechts und links über die Schläfen. Mein Busen und mein Bauch schlagen Wellen und doch spüre ich noch immer seine ungebrochene Männlichkeit in mir. Nie habe ich mich so erfüllt gefühlt, nie so mein Inneres wahrgenommen wie in diesem Moment. Ben ist meine Erfüllung, er ist meine Lust, mein Geilsein, meine Liebe.

Nahezu beschützend legt er sich wieder auf meinen Leib, der langsam sein Gleichgewicht wiederfindet. Auch sein Atem hat die Ruhe noch nicht gefunden und doch küsst er meine Wangen. Labt sich an meinen Tränen und streichelt mit der Hand über meine Stirn.

Wieder ist da sein Blick zärtlich und liebevoll.

„Ich liebe dich!", flüstert er.

Ich lächle. „Ja!", sage ich, „Ich bin sehr glücklich. Ich liebe dich auch."

Wir streicheln uns, küssen uns, entdecken uns, wir reden, wir trinken Wein aus Pappbechern und irgendwann schlafe ich in seinen Armen ein.

Ich schäle schon wieder Kartoffeln, als Eva an den Stand kommt. Sie fragt nicht. Lächelt und sagt, dass sie nachher in der Bar auf mich warten würde.

„Wir kommen!", sage ich, nachdem Ben mir zunickt. Eva lächelt.

Mein Zeitgefühl ist mir völlig abhandengekommen. Ist es Montag, oder Donnerstag, Samstag oder Mittwoch, ich weiß es nicht. Ich stehe jeden Tag von nachmittags bis abends im Stand, bereite die Weihnachtskringel vor, die wir inzwischen durch ein Sieb mit Ketchup und Mayo bepunkten, um ihnen ein feierliches Weihnachts-Outfit zu verpassen. Das wir selbst dabei auch etwas abbekommen, vergrößert nur den Spaß, den wir zusammen haben. Ab und zu trinken wir nach dem Markt mit Eva noch ein Bier in der Bar und dann gehe ich mit Ben zum Wohnmobil. Jede Nacht ein neuer Traum ohne je die Augen zuzumachen. Ich kann nicht genug bekommen von seiner Zärtlichkeit, seiner Behutsamkeit meinen Körper zu entdecken. Ich empfinde es immer wieder als Akt der Hochachtung, wie er mich aus den Kleidern schält, wie er mir final den BH abnimmt, nicht ohne jeder meiner Brüste die Aufmerksamkeit zu schenken, die sie ihm deutlich erkennbar danken. Er zieht mir nicht einfach den Slip nach unten, er zelebriert die Präsentation meiner Lusthöhle. Immer wieder ist es, als öffne er eine Schatztruhe, um erstaunt und wertschätzend darin zu versinken. Seine Hände auf meiner Haut kuscheln wie Daunen ohne auch nur den kleinsten Flecken auszulassen. Jede Nacht schickt er mich auf den Kamm einer Lustwelle. Jede Nacht nimmt er mich mit auf einen tiefen Fall in ein erlösendes Gefühlschaos. Oft denken wir nicht an Schlaf und kommen erst morgens zur Ruhe.

Mein Appartement ist verwaist und noch nie gab es Urlaub in dem ich Eva so wenig sah wie diese drei Wochen vor Weihnachten.

„Morgen ist Schluss hier am Markt!" Bens Ankündigung trifft mich wie ein Donnerschlag. „Wir schließen gleich nach Marktschluss, machen alles sauber und holen den Anhänger noch morgen Abend hierher auf den Parkplatz, weil die Stadt übermorgen Früh den Platz gleich räumt. Da wird es immer sehr hektisch und eng."

„Und dann?" Fragend sehe ich Ben in die Augen.

„Dann geht es nach Hause! Mit Mama!" Er lächelt.

„So und was ist mit uns?"

„Was soll sein?" Mit großen Augen und mit einem strahlenden Lächeln sieht er mich an. „Du fährst auch nachhause, oder?"

Erschrocken nicke ich und fühle mich einen Moment hundeelend.

„Aschaffenburg, Frankfurt!" Ben sieht mich ganz ernst an. „Dabei handelt es sich sicherlich nicht um eine Weltreise, oder?"

Ich schüttele den Kopf. „Nein, keine Weltreise!"

„Also wie mein Christkind am Heiligen Abend aussieht, kann ich mir lebhaft vorstellen. Fragt sich nur, ob es nach Aschaffenburg oder nach Frankfurt kommt? Da müssten wir einfach mal nachfragen!"

Ich sehe ihn an. Sein zauberhaftes Lächeln wirft mich wie immer aus der Bahn. Dann nimmt er mich in den Arm, küsst mich, streichelt meine Brüste, dreht mich um, küsst meinen Nacken, legt sich auf mich und dringt unendlich langsam von hinten in mich ein. Das Gänsehautgefühl flutet mich wieder durch und durch. Wie all die vergangenen Tage gibt Ben mir die Zeit auf seinen Takt einzugehen. Nimmt mich sanft mit, lässt mich mit jeder Phase spüren, wie seine Männlichkeit sich in mir ausbreitet. Wir reiten einen letzten Ritt in diesem Advent dem Höhepunkt entgegen. Er zuckt, ich sprudle und atemlos lassen wir den Orgasmus über uns hinwegschwappen. Dann lande ich in der Zärtlichkeit seiner Lippen und seiner Hände.

Ich küsse ihn, steige aus dem Bett, schlüpfe in meinen Slip und streife mir den BH über. Er sieht mir lächelnd zu, als ich mir den Pullover über den Kopf ziehe und in meine Jeans steige. „Du kannst wirklich dableiben, ehrlich!"

„Ich weiß!" Ich beuge mich über ihn und küsse ihn noch einmal. „Du schläfst ja doch nicht, wenn ich bleibe und der Tag wird morgen hart für dich. Schlaf du dich mal richtig aus, ich komme morgen zum Stand." Ich ziehe mir meinen Mantel über, schlüpfe in meine Boots, winke ihm noch einmal kurz zu und husche aus dem Wohnmobil hinaus in die klare Nacht. Es ist kalt. Ich ziehe mir die Mütze in die Stirn, knöpfe den oberen Mantelknopf zu und laufe durch die menschenleeren Gassen.

„Hoffentlich bleibt das Wetter so schön winterlich bis zum Heiligen Abend nächste Woche!", denke ich. „Bis zum Christkind, denn es wird wirklich kommen nach Aschaffenburg oder nach Frankfurt und ganz sicher mit Weihnachtssternchen, Weihnachtsglöckchen oder ganz besonderen Weihnachtskringeln!"

Das Weihnachtsgeschenk

Die schwierige Frage

„Was siehst du mich so komisch an? Was gibt`s?" Seit einer Weile nippt Marc unschlüssig an seinem Bier und druckst irgendwie eigenartig rum.

„Sag mal, Tom, kann ich dich mal was ganz persönliches fragen?"

„Was soll die Frage? Klar, Mann wir sind Freunde! Was ist los?"

„Weißt du..., es ist schon irgendwie was...naja, nicht ganz einfach..."

„Jetzt zier dich nicht so blöd. Raus mit der Sprache! Was immer du ausgefressen hast, es gibt immer eine Lösung."

„Ich habe nichts ausgefressen! Es ist etwas halt Intimes...!"

Ich muss lachen. „Und dafür druckst du so rum? Jetzt los, erzähle, ich bin neugierig!"

Marc beugt sich näher zu mir rüber und beginnt fast zu flüstern.

„Weißt du, Amelie findet es immer super geil, wenn wir Sex vor dem Spiegel machen. Manchmal stellt sie zwei oder drei Spiegel im Schlafzimmer auf, um genau anzusehen, wie ich es mit ihr mache. Sie fährt total darauf ab und wird immer super geil dabei."

Ich sehe meinen Freund fragend an.

„Und was ist daran problematisch? Ich kenne da ganz andere Macken und Vorlieben beim Sex. Hast du da ein Problem mit Amelie?"

„Nein, überhaupt nicht. Ich find sie richtig süß, wenn sie geil abgeht dabei. Nein, ich will dich um einen Gefallen bitten."

„Wie bitte? Soll ich euch Spiegel im Schlafzimmer installieren? Vielleicht über dem Bett oder was?"

„Gar keine so schlechte Idee! Nein, da käme sie irgendwann in Erklärungsnot bei ihrer Mutter, denn die flitzt überall in unserem Haus rum, wenn sie auf Besuch ist!"

„Was soll ich dann machen?"

„Ich würde der Amelie zu Weihnachten gerne einen Pornofilmdreh schenken wollen."

„Aha!"

„Ja und du hast eine Kamera und filmst ja auch schon fast professionell, also habe ich mir gedacht, fragst halt mal?"

Ich muss schmunzeln.

„Eigentlich eine süße Idee! Und auch ein ganz persönliches Geschenk."

„Ich habe mir gedacht, einen fremden ins Schlafzimmer zu lassen und dann Sex mit Amelie zu haben. Ich weiß nicht, ob sie da mitmachen würde. Außerdem weiß man ja auch nicht, was der dann mit dem Film vielleicht anstellt. Also habe ich mir gedacht, wieso nicht du. Du musst Tina ja nichts sagen, wenn sie Schwierigkeiten machen sollte."

Jetzt lache ich. „Du meinst Tina würde mir Schwierigkeiten machen, wenn ich euch beiden beim Vögeln zusehe? Da kennst du sie aber schlecht!"

„Okay, heißt das, du würdest das machen?"

„Warum nicht? Natürlich würde ich es machen. Und weißt du was, wenn Amelie schon alles von allen Seiten sehen will, dann lass uns das Ganze mit zwei Kameras machen. Tina filmt nämlich auch nicht schlecht!"

„Du meinst sie würde da mitmachen?"

„Davon bin ich fest überzeugt. Das lässt sich Tina sicher nicht entgehen!"

„Dann machen wir das doch!?" Marc scheint sehr erleichtert zu sein.

„Du packst zunächst mal ein schönes kleines Weihnachtsgeschenk für Amelie zusammen. Ein bisschen mit Fantasie, damit sie gleich am Heiligen Abend etwas davon hat."

„Mal sehen, wie ich das anstelle mit dem Päckchen, denn am Heiligen Abend sind ihre Eltern bei uns."

„Na dann lass dir mal was einfallen. Du kannst das Päckchen ja bei uns packen, dann ist die erste Szene bereits im Kasten und Amelie denkt immer an den Weihnachtsmann, wenn sie sich den Streifen ansieht."

„Eye, das wird ja ein richtiger Event!"

Darauf kannst du Gift nehmen! Wenn schon, denn schon!"

Das Geschenk

Nicht das silberne Armband und auch nicht das Buch über William Turner, ihrem Lieblingsmaler konnten Tina das Strahlen in die Augen zaubern, wie der kleine Umschlag, den sie zum Schluss unter dem Christbaum entdeckt.

‚Gutschein' liest sie auf der Vorderseite der Karte. Sie dreht die Karte um: ‚Für das Führen einer Kamera auf einem Film-Set mit deinen Freunden Amelie und Marc. Die Protagonisten werden dabei keine Kleidung tragen!'

Zuerst sieht Tina mich kopfschüttelnd an. „Was heißt das denn?"

„Das was draufsteht! Du darfst Kamerafrau spielen und Amelie dabei filmen, während sie von Marc gevögelt wird?"

„Wie bitte? Hast du ihnen erzählt, dass ich dir gesagt habe, mich würde es mal interessieren, wie die beiden es miteinander treiben?"

„Nein, habe ich nicht!"

„Hast du sie gefragt, ob ich ihnen beim Vögeln zuschauen darf, oder was?"

„Nein, im Gegenteil, Marc hat mich gefragt, ob ich die beiden filmen würden, weil Amelie immer Spiegel aufstellt, weil sie gerne sehen will, wie sie von Marc vernascht wird."

„Wie bitte? Der fragt dich, ob du sie filmst, während er sie fickt?"

„So ist es! Und wenn du es genau wissen willst, er hat sogar gesagt, ich soll dir nichts sagen, wenn ich deshalb Ärger mit dir bekommen sollte!"

Tina lacht laut auf. „Na so gut sollte er mich eigentlich schon kennen. Wenn du mir das nicht gesagt hättest, dann hättest du Probleme bekommen!"

„Ich habe ihm auch gleich angeboten, dass ich nicht alleine komme, sondern du auf jeden Fall mit von der Partie wärst."

„Du meinst Sex wir vier zusammen?"

„Nö, das meine ich nicht. Ich meine du hinter einer Kamera und ich hinter einer Kamera und die beiden nackt in Aktion!"

„Also ein echter Pornodreh?"

„Genau. Und du darfst sie von allen Seiten ins Bild nehmen, darfst dir das, was du genau sehen willst ganz nah ran zoomen und später kannst du das Ganze auch noch in slow-motion abspielen!"

Diese meine Erklärung hat das Strahlen in Tinas Augen gezaubert.

„Das ist wirklich euer Ernst?"

„Das ist wirklich mein Ernst. Und mir war schon bei Marcs Frage klar, dass das ganz nach deinem Geschmack ist. Er hat übrigens ziemlich rumgedruckst, bevor er mit der Sprache rauskam."

„Das kannst du aber glauben. Und wenn ich ehrlich bin, bin ich allein von der Vorstellung schon ziemlich geil."

Sie setzt sich auf meinen Schoß und flüstert mir ins Ohr: „Ich hätte nichts dagegen, wenn du ein bisschen nachforschst, was mein Kopfkino da mit mir anstellt."

Sie küsst mich. Meine Hände fahren über ihre nackten Beine hinauf und suchen den Weg an ihren Innenschenkeln entlang unter ihr Minikleid. Ihr Tangaslip hat keine Chance, mir den Weg in ihr Lustzentrum zu versperren. Und so tauchen meine Finger ungehindert in eine hoch aktive Quelle ein, die ihren Augen einen ebenso fragenden wie erwartungsvollen Blick verleihen.

Ich grinse. „Gerne gehe ich mit meinem Christkind heute noch ins Stroh! Nur weiß ich noch nicht, ob ich dir das Geschenk da auch wirklich machen kann."

Tina setzt sich kerzengerade hin. Empört sieht sie mich an.

„Was jetzt? Alles nur Fake. Oder wie?"

„Das nicht! Aber wir wissen ja noch gar nicht, ob Amelie mitspielt. Marc hat mich zwar gefragt, ob ich es machen würde, aber er will Amelie heute damit überraschen und ihr eben auch einen Gutschein schenken, mit dem Angebot, dass sie in einem Pornofilm die Hauptdarstellerin spielen darf. Wenn sie das nicht will, bleibt dir nur die Fantasie. Aber wie ich feststelle, versteht die auch etwas von ihrem Geschäft."

Um meinen Worten zu Nachdruck zu verleihen, suche ich ihre Perle und bringe sie mit ein paar kleinen Streicheleinheiten damit etwas aus der Fassung. Tina lässt ein bisschen Luft ab und entzieht sich geschickt meinem Fingerspiel. Sie steht auf, greift nach den Gläsern. Wir stoßen an und sie sitzt wieder auf ihrem Sessel.

„Okay, das ist wirklich noch eine kleine Hürde, die noch nicht übersprungen ist."

„Kann sein, dass sie auch heute Abend noch nicht übersprungen wird, denn soweit ich weiß, sind die beiden heute nicht alleine und dass sie den Gutschein in Anwesenheit ihrer Eltern lies, geschweige mit Marc darüber redet, wage ich zu bezweifeln."

Tina grinst. „Macht nichts, sollte sie ‚nein' sagen, bleibt uns immerhin eine Nacht, hemmungslos zu fantasieren."

„Du müsstest die Kamera von deinen Eltern ausleihen, dann können wir beide gleichzeitig filmen. Und dann schneiden wir die tollsten Szenen zusammen."

„Du meinst aus verschiedenen Perspektiven?"

„Richtig! Ich das Vollbild und du die Details."

„Amelies Möse im Großformat, während sie gierig Marcs Steifen verspeist?"

„So etwa. Lass uns das ganz professionell machen. Nie gegenüber stehen mit den Kameras, sondern schön versetzt nebeneinander. Nicht reden, sie einfach machen lassen und draufhalten."

„Ich hoffe bloß, dass sie nicht nur Blümchensex machen."

„Das glaube ich nicht, wenn Amelie so mit Spiegeln unterwegs ist, will sie sicher nicht immer nur dasselbe sehen."

„Oh ja, wir beide züchtig angezogen und die beiden nackt und völlig enthemmt. Das ist wirklich eine geile Vorstellung. Meinst du, dass sie mit uns dann auch was anfangen wollen?"

„Das bleibt abzuwarten. Aber ich würde es an dem Abend nicht gut finden. Wenn sie sich richtig auf was einlassen, dann sollte es auch wirklich Amelies Weihnachtsgeschenk bleiben."

„Hast recht, immer, wenn sie sich den Film dann reinziehen, denken sie an ihr Weihnachtsgeschenk. Ich habe gar nichts dagegen, wenn sie uns auch mal zusehen oder wir mal eine gemeinsame Nacht zusammen im Bett verbringen. Aber in ihr Geschenk sollten wir nicht reinpfuschen."

Es ist fast Mitternacht. Tina liegt nackt neben mir. Die Vorstellung hinter der Kamera aktiv zu werden, hat sie wirklich in Fahrt gebracht. Ich denke, ganz zufrieden ist sie heute nicht, denn sie war so wild und hemmungslos, dass ich mich nicht allzu lange zurückhalten konnte.

Mein Handy klingelt. Auf dem Display lese ich Marc. Ich nehme an.

„Ja hallo"

„Du würdest das wirklich machen, Tom?" Amelie ist am anderen Ende der Leitung.

„Hättest du sonst heute dieses Geschenk bekommen, A-melie?"

Sie kichert. Tinas Augen bekommen sofort wieder dieses erwartungsfrohe Strahlen.

„Was sagt Tina dazu? Findet sie das nicht unanständig?"

„Unanständig?", ruft Tina und nimmt mir das Telefon aus der Hand.

„Hi, Amelie! Frohe Weihnachten übrigens. Unanständig soll ich das finden? Spinnst du? Ich finde das geil. Da kannst du deinen Marc mal richtig auf die Schultern klop-fen. Das ist ja mal ein absolut persönliches Weihnachtge-schenk. Da kannst du dir was einbilden drauf."

„Ja, das ist schon eine tolle Idee von ihm gewesen. Und mit euch beiden bleibt es ja auch was ganz Intimes."

„Da haben wir doch zwei wunderbare Geschenke bekom-men. Du kannst dich selber sehen und ich schaue sehr gerne zu. Und Tom hat mir heute den Gutschein als Ka-merafrau geschenkt."

„Meine Eltern fahren übermorgen in der Früh wieder heim. Wollen wir uns dann am Nachmittag gleich treffen?"

„Huh, du kannst es ja kaum erwarten. Aber von mir aus, ja. Wir sind da. Morgen gehen wir mittags zu Toms Eltern und am Abend sind wir bei meinen Leuten. Am 26. haben wir aber nichts vor. Wann sollen wir kommen?"

„Um fünf, ist das okay?"

„Das ist okay. Tom nickt!"

„Marc nickt auch!"

„Liegt ihr schon im Bett? Übt ihr schon?"

„Im Bett liegen wir, aber wir müssen leise sein, weißt ja, meine Eltern nebenan!"

„So ein Pech aber auch. Es hat halt auch was, wenn man den Heiligen Abend zu zweit verbringt."

„Liegt ihr auch schon im Bett?"

„Ja, jetzt liegen wir im Bett. Bis vor kurzem war von liegen aber keine Rede!"

„Ihr habt es miteinander getrieben?"

„Was glaubst du denn?"

Ich greife nach dem Handy. Tina grinst über beide Backen.

„Liebe Amelie, jetzt ist Schluss. Wir sehen uns übermorgen. Und bis dahin Schöne Weihnachten Dir und Marc. Und Gute Nacht."

Dann lege ich auf.

Der Stefanstag.

In Jeans und mit einem weinroten kurzen Spitzenbustier steht Amelie vor Marc. Auch er trägt eine blaue Jeans, sein Oberkörper ist nackt. Meine Kamera steht auf der Totalen. Tina sieht den beiden zu, ohne durch das Okular ihrer Kamera zu sehen. Amelie löst sich von Marc und knöpft ihre Jeans auf. Ich zoome langsam auf ihre Hände, um die Entriegelung ihres Schlaraffenlandes Stück für Stück ins Bild zu setzen. Erst ist es nur ein kleiner Türspalt, dann aber ist es nur mehr ein kleiner schwarzer Vorhang in Form eines Minislips, der ihre Schatzkammer verdeckt. Auch Marc hat sich seiner Jeans entledigt und erfreut stelle ich fest, dass Tian sich darum gekümmert hat, die Mächtigkeit, die sich unter seiner schwarzen hautengen Short deutlich abzeichnet, entsprechend zu würdigen. Amelie kniet vor Marc nieder und erfasst mit ihrer linken Hand den noch verpackten prallen Stab. Mit den Lippen berührt sie kurz den Stoff, um ihn sogleich zu entfernen und Marcs prallen Schwanz in völliger Nacktheit zunächst mit ihren Händen noch weiter in Form zu bringen, bis sie ihn dann zwischen ihren Lippen versenkt.

Natürlich setzt Tian Marcs Pachtstück und Amelies kunstvolles Zungen– und Lippenspiel in Nahaufnahme in Szene.

Marcs Hand schieben die Träger von Amelies Bustier über die Schultern. Mit zwei Griffen hilft Amelie die weinroten Spitzenkörbchen über ihrem Busen nach unten zu klappen. Zwei silberne Stäbchen mit kleinen Silberkügelchen an beiden Enden zieren ihre festen Äpfelchen an ihren steifen Brustspitzen. Marc greift nach einer der Brustwarzen, während Amelie sich immer heftiger seinem steil aufgerichteten Lustspeer und dessen prallen Hodensack widmet.

Auch Tinas ganze Aufmerksamkeit deckt sich voll mit Amelies Vorliebe.

Dann aber entzieht Marc Amelie seinen Schwanz, stellt sie mit einem kräftigen Griff auf die Beine, zieht ihr das Bustier über den Kopf und befreit auch ihre Schatzkammer von ihrem schwarzen Vorhang. Mit einem weiteren kräftigen Griff legt er Amelie rücklings auf das Bett, spreizt ihre Beine und versinkt sofort mit seinem Mund in ihrem blankrasiertem Lustzentrum. Amelie hat ihre Augen geschlossen und aus ihrem leicht geöffneten Mund löst sich en erstes befreiendes Stöhnen. Sie lächelt, um gleich wieder in ein geiles Stöhnen zu verfallen, als Marc ihre aufgeblätterte Möse mit zwei seiner Finger beglückt. Ähnlich heftig, wie sich Amelie gerade noch seinen Schwanz gewidmet hat, kümmern sich Marcs Finger jetzt um ihre Lusthöhle. Während zwei Finger der linken Hand sich mit heftigen Stößen dem Inneren ihrer Grotte widmen, tanzt der Daumen der rechten Hand zwischen ihren Lustperle und ihren Schamlippen hin und her. Ihr Bauch bewegt sich wellenartig. Kurz dreht sie ihren Kopf, sieht in Richtung meiner Kamera, lächelt und knetet dann ihre Brustbällchen und spielt mit den kleinen metallenen Stäbchen.

Tina hat es Marcs prächtiger Schwanz angetan, den sie offensichtlich von allen Seiten ins Bild setzt.

Amelie ist sich dieses Prachtstückes wohl auch bewusst. Sie entzieht sich dem marcschen Fingerspiel, kniet sich auf die Matratze und präsentiert Marc mit gespreizten Beinen ihren knackigen Hintern und darunter ihre empfangsbereite Liebeshöhle. Marc nimmt nicht nur das Angebot dankend an, sondern auch die helfende Hand von Amelie, denn der pralle Schwanz hat sichtlich Probleme, das enge Tor ihrer geilen Möse zu durchschreiten. Ein Lächeln huscht über Amelies Gesicht, als der Widerstand gebrochen ist und Marc langsam in den Rhythmus kommt, seinen Speer bis zum Anschlag in ihr zu versenken.

Tina hockt jetzt unmittelbar neben mir und zoomt voll auf den zwischen Amelies rosa Blütenlippen immer wieder auftauchenden Luststempel. Ich bewege mich langsam zur Kopfseite des Bettes und nehme Amelies Gesicht ins Visier, das unzweifelhaft zwischen lustvoller Verzerrung mit der Aufmerksamkeit auf Marcs kraftvollen Stößen und mir hinter der Kamera geltendes ermunterndes Lachen switcht. Marc ist durchaus variationsfähig. Zieht er einmal Amelies Oberkörper nach oben und drückt sie gegen seinen eigenen Körper ohne seinen Schwanz aus ihr zurückzuziehen, geht er anschließend in die Hocke und stößt, mit weitgespreizten Beinen so heftig zu, dass Amelie nur noch beglückt ein Stakkato kurzer spitzer Lustschreie von sich geben kann.

Ohne aus Amelie rauszugleiten dreht sich Marc um, legt sich auf den Rücken und platziert seine Freundin sitzend auf seinen Lenden.

Eine Traumeinstellung für Tina, die die Situation sofort erfasst hat und ihre Kamera voll auf die gespreizten Beine der beiden hält, zwischen denen sie sowohl Amelies rosafeuchte Mösenblüte und den dort immer wieder hinein verschwindende pralle Luststempel von Marc in voller Pracht festhalten kann. Amelie nähert sich offenbar einem ersten Höhepunkt. Gebeutelt von Marcs heftigen Stößen und mit verzerrtem Gesicht nimmt sie die Finger ihrer linken Hand zur Hilfe, um neben ihrer Möse auch ihrer Perle Hochgenuss zu bereiten.

Amelie hat nun eindeutig die Zügel in der Hand. Konzentriert reitet sie sich in einen ekstatischen Rausch. Offensichtlich vergisst sie dabei aber Tina und mich nicht, denn immer wieder wischt sie ihre Haare aus dem Gesicht und achtet penibel darauf, dass zwischen ihren Beinen ihre nasse Grotte und Marcs steifer Schwanz gut mit der Kamera einzufangen ist. Unsere Anwesenheit turnt sie sichtlich gehörig an. Sich selbst anfeuernd und den Takt ihrer Reitgeschwindigkeit erhöhend, fordert sie Marc auf, ihr die Sporen zu geben, der ihr mit flacher Hand immer wieder auf ihre knackigen Pobacken schlägt und sie damit wohl in den herbeigesehnten Orgasmus treibt. Ungezügelt jagt sie sich Marcs strammen Max in ihre Lusthöhle und gleichzeitig glitscht sie mit ihren flinken Fingern zwischen ihren triefenden Schamlippen und ihrer geschwollenen Lustperle hin und her.

Tina hat diese Szene frontal vor ihrem Objektiv, während meine Blende Amelies Hinterteil in Großaufnahme erfasst, an dem Marc wohl Amelies Rosette gefunden hat und diese offenbar mit seinem Daumen stimuliert.

Ein spitzer kurzer Schrei, ein kurzes Innehalten auf Marcs Lendensattel und ein erlösendes Ausatmen signalisieren Amelies tiefe Befriedigung. Sie lässt sich seitlich von Marcs Lenden fallen, liegt mit heftig bebendem Bauch und Busen neben ihm und zittert sich sichtlich befriedigt durch eine orgastische Durchflutung.

Tina hält die Kamera auf Marcs immer noch unbefriedigten steil aufgerichteten Lustprügel. Ich habe Amelie in der Totalen auf meinem Bild, zoome auf ihre offene Lustgrotte und ziehe die Kamera langsam ihren Körper hinauf über ihren gepiercten Busen auf ihr Gesicht. Sie schlägt die Augen auf, lacht und wischt sich die Harre aus der Stirn.

„Boah, das war der Hammer. Ganz ehrlich, es macht riesig Spaß mit euch beiden. Echt ich bin so was von geil. Ich glaube, ich kann stundenlang so weitermachen." Sie lacht, dreht sich zu Marc und hat auch schon wieder seinen Schwengel tief in ihrem Mund versenkt. Tina weiß das zu schätzen und hält das Objektiv sofort auf Amelies Gesicht. Und Amelie weiß nun, Tinas Lust zu bedienen. Immer wieder gibt sie Marcs Lustspeer für die Kamera frei. Dabei umspielt sie mit ihrer Zunge seine Eichel und blickt dabei lüstern in Tinas Kamera. Scheinbar plant sie mit Marcs Explosion bis ins Detail ihren Weihnachtsfilm zu krönen. Tinas Lust an einer derartigen Kameraführung ist nicht zu übersehen. Denn obwohl sie einen BH trägt sind ihre steifen Nippel auf ihrem mintgrünen T-Shirt nicht zu übersehen. Sicher wäre auch ihre Lustblüte einladend sprudelnd bereit, sich mit steifer Männlichkeit füllen zu lassen.

Meine Kamera genießt auf der Totalen Amelies makellose Figur. Über ihren geschmeidigen Rücken ziehe ich mir über das Okular ihre knackigen Pobacken näher heran. Als ich diese in voller Pracht im Bild habe, glitzert im Licht zwischen ihren Beinen der noch üppige Nektar auf ihren rosa Schamlippen. Ich verweile genießend in dieser Einstellung, bevor ich den Zoom wieder langsam in die Totale ziehe, um zunächst Amelies schlanke Beine, dann wieder ihre heftigen Kopfbewegungen über Marcs prallen Schwanz und dann auch Marcs beglücktes Gesicht im Bild zu haben.

Amelie entlässt Marcs Gemächt nun ihren Lippen. Beide Hände wichsen seinem Schaft entlang. Zunächst so langsam, dass Tina wohl jede kleine Regung dieser immer mächtiger anschwellenden Lustsäule im Bild festhalten kann. Zwischendurch knetet Amelie mit einer Hand Marcs aufgepumpten Hodensack und lässt die Eier spielerisch durch ihre Finger klackern. Marcs Gesicht signalisiert, dass er ungezügelt auf seinen Abschuss zusteuert. Amelie weiß ihn wohl richtig einzuschätzen und erhöht mit ihrer Hand die Geschwindigkeit ihrer Wichsbewegungen und saugt sich mit ihren Lippen an seinen Eiern fest. Marc beginnt zu stöhnen. Amelie erhöht noch einmal das Tempo ihrer Hand. Marc wird laut, Amelie hebt ihren Kopf, dann lässt sie Marcs ersten Strahl gut sichtbar für Tinas Kamera steil aus seiner Eichel schießen, um dann den Rest mit ihrer Zunge und ihren Lippen einzufangen. Sie leckt jeden

Tropfen von Marcs Speer ab, sieht, sich mit der Zunge genussvoll über die Lippen leckend, mit großen Augen in Tinas Kamera und lächelt. Ihre Hände massieren nun zärtlich über Marcs pralle Männlichkeit, was Tina dazu motiviert, Amelies Gesichtspartie über dem sich langsam entspannenden Schwanz von allen Seiten ins Bild zu setzen. Um Tina nicht im Bild meiner Kamera zu haben, ziehe ich meine Totale wieder langsam zurück auf Amelies prachtvollen Hintern. Mit den nektarglänzenden Blütenblättern ihres Lustkelches stelle ich meine Kamera aus.

„Ganz ehrlich, ich könnte gerne noch ein Weilchen weitermachen!" Amelie grinst mich an. „Ich komme garantiert gleich noch einmal!"

Auch Tina hat ihre Kamera abgestellt.

„Nee, ich brauch eine Pause!" Marc setzt sich langsam auf.

„Tom ist sicher ganz heiß nach dem, was er da in seiner Kamera eingefangen hat und Tina, du hättest doch auch nichts dagegen, wenn ich dir jetzt dein Höschen ausziehe, oder?"

„Liebe Amelie, das ist dein Weihnachtsgeschenk! Heute bist nur du dran! Tom und ich bleiben sind heute nur Voyeure an der Kamera!"

Trotzdem lässt sich Tina es sich nicht nehmen, Marc mit der Hand über seinen erschlaffenden Schwanz zu streicheln, um anschließend der nun auf dem Rücken neben Marc liegenden Amelie zärtlich ihre Lustperle zu massieren. Als Amelie unvermittelt das Gurren anfängt, lässt Tina von ihr ab.

„Wie gesagt, heute nicht! Ein andermal vielleicht!"

Die Silvesternacht

„Hallo Tina!" Marc umarmt Tina und küsst sie auf die Backe. Dann begrüßt er auch mich. In der Wohnzimmertüre erscheint Amelie. Auch sie nimmt zuerst Tina in den Arm und dann mich. Sie ist offensichtlich sehr aufgeregt.

Wir feiern den Jahreswechsel zusammen. Aber zuerst will sie natürlich das Ergebnis aus dem Filmshooting vom Stefanstag begutachten.

Tina und ich waren zwei Tage drangesessen, unser Filmmaterial zu sichten, es zu schneiden und dann in sinnvoller Weise wieder zusammenzufügen. Dabei ist es natürlich nicht ausgeblieben, die einzelnen Sequenzen entsprechend zu kommentieren. Tina hat bei der Arbeit immer weniger Kleidung getragen und hat auch mir keine Chance gelassen, in Hemd und Hose zu arbeiten. Ich weiß nicht, wie oft es ihr gekommen ist. Mir ist der letzte Ritt, den sich Tina auf dem Stuhl noch abgeholt hat, als wir das Endergebnis angesehen haben, jedenfalls ziemlich schwergefallen. Und der Tag Ruhepause vor dem Silvestertag hat mir ganz gutgetan.

Als Tina die schön verpackte DVD aus der Tasche nimmt und auf den Tisch legt, schnappt sie sich Amelie sofort. Sie stellt sich vor uns hin und grinst.

„Das ist doch mein Weihnachtsgeschenk, oder?"

Marc nickt. „Klar, zweifelst du daran?"

„Nö!" Amelie dreht sich um und verschwindet mit der DVD ins Schlafzimmer und schließt die Türe hinter sich.

Marc grinst greift nach der Flasche Sekt und gießt uns ein. Wir stoßen an und reden über das gelungene Geschenk.

Amelie taucht nicht wieder auf. Nach einer viertel Stunde, schüttelt Marc den Kopf, steht auf und geht in Richtung Schlafzimmer. Tina und ich folgen ihm. Leise öffnet Marc die Türe.

Das Bild ist überwältigend. Auf dem großen Bildschirm sitzt Amelie gerade auf Marcs prallem Schwanz und lässt ihn immer wieder in ihrem triefendnassen Blütenkelch verschwinden. Amelie liegt splitternackt auf dem Bett, hat ihre Beine weit gespreizt und tanzt mit ihren Fingern zwischen ihren aufgeblätterten Schamlippen hin und her. Die Lautstärke des Videos ist so leise eingestellt, dass das schmatzende Geräusch ihrer glitschenden Finger gut zu hören ist. Neben dem Bildschirm hat Amelie zwei Spiegel positioniert, um sich selbst zwischen durch bei ihrem Fingerspiel an ihrer Grotte zu beobachten. Während Mark und ich der Faszination dieses Bildes nicht entkommen, reagiert Tina augenblicklich und hält die Kamera ihres Handys auf dieses überwältigend vielseitige Bild. Sie stellt die Kamera erst aus, als Amelie von einem mächtigen Orgasmus geschüttelt mit spitzen Schreien ihrer Lust freien Lauf gelassen hat.

Wir drei stehen am Bett und betrachten nun die ermattete völlig nackte Amelie.

„Diesmal bleibt ihr aber nicht angezogen!" Amelie grinst und zieht Tina dabei aufs Bett. Als in kürzester Zeit Tina nun auch splitternackt sich über die allzu bereite Amelie hermacht, sehen auch Marc und ich die Zeit gekommen, uns der Kleider zu entledigen. Das Warten auf den Jahreswechsel ist dieses Jahr sehr kurzweilig. Auch das Feuerwerk können wir mangels Kleidung nur durch das verdunkelte Fenster betrachten. Das eigentlich geplante Fondue findet erst in den Morgenstunden des Neujahrstages

statt. Und das Besondere daran ist, wir Vier sind alle splitternackt und wollen anschließend gestärkt wieder zurück
in das verspiegelte Schlafzimmer.

ISBN: 978-3-7597-6743-1

Ein weiteres erotisches Werk von I.Q. Odenthal

Ein peinliches Missgeschick führt den Unternehmensbe-rater Tom Starke und die attraktive Bea Mittermeier zu-sammen. Die beiden tauchen sehr rasch in ein ungewöhn-lich intimes Verhältnis ein, das zunächst sehr einseitig von Beas Lust an frivolem Spiel geprägt ist. Von Tom angesta-chelt lassen sich die beiden auf immer riskantere eroti-sche Abenteuer ein und stoßen dabei auf das perfide Machtspiel eines Lokalpolitikers. Jo, Toms Frau, zeigt sich an den amourösen Spielen ihres Gatten sehr interessiert und ergreift die Chance, mit der attraktiven Bea auch selbst in eine neue erotische Welt einzutauchen. Bevor das Trio sich aber ihre erotischen Träume erfüllen, wollen sie dem Lokalpolitiker noch das Handwerk legen und bege-ben sich auf ein gewagtes Terrain. Wer sitzt wirklich am länge-ren Hebel und können die drei ihre erotischen Träume tatsäch-lich wahrmachen?   FSK 18!